일생에
한번은
몽골을
만나라

일생에 한번은 몽골을 만나라

몽골의 대자연 속에서 진정한 자유를 찾는 여행

최성수 지음

21세기북스

바람이 불자 모래 먼지가 아득하게 피어올랐다. 몽골, 몽골리아! 나는 평원을 휩쓸고 지나가는 모래 먼지를 바라보며 웅얼거렸다. '몽골'이라고 말할 때마다 아득한 지평선 끝에서 평원이 자꾸만 제 몸을 둥글게 휘었다.

빗방울을 머금고 머리 위에 낮게 떠 있는 구름, 곧 다가올 거센 비바람을 견뎌내기 위해 땅에 붙을 듯 엎드린 풀꽃들. 모래사막은 밤마다 또 얼마나 제 몸을 뒤척여 새 언덕을 만들어낼 것인가.

몽골을 떠올리면 온갖 풍경들이 머릿속에 뒤섞여 피어오른다. 고비 사막의 황막하던 낮과 사방 천지 아득 막막한 어둠, 그 속에서 빛나던 은하수가 선명하게 되살아난다. 어느 여름밤, 고비 사막에서 게르 | 몽골 유목민들의 전통 주거 형태 | 밖에 누워 바라보던 은하수는 붓으로 그려낸 것 같았다. 은하수는 중천

에서 말 그대로 강물이 되어 흐르고 있었다. 하늘을 그림판 삼아 일필휘지로 저 은하수 그림을 그려낸 이는 누구일까?

　가도 가도 끝을 보여줄 것 같지 않던 초원길도 눈 앞에 피어난다. 세상에서 가장 편안한 곡선을 보여주던 구릉과 구릉의 곡선을 닮은 게르 몇 채, 그곳에 기대어 사는 사람들의 순수한 모습이 생생하다. 초원을 달리는 말과 말발굽 소리에 놀라 숨는 초원의 동물들, 비 온 뒤 환영처럼 나타나는 일곱 빛깔 쌍무지개, 그리고 그 초원 끝에 자리 잡은 넓디넓은 호수. 말과 동무가 되어 초원을 달리는 소년은 그 호수 크기만큼 마음이 자라야 비로소 어른이 되리라.

　몇 날이 걸려 초원길의 끝에 다다랐을 때 넓고 편안한 호수 흡스골이 있었다. 그곳에서의 잠은 달콤하고 깊었다. 그래서 호수의 이름이 '어머니의 바다'인 것일까?

이 글은 그 길에 대한 기록이다. 세상의 모든 길을 다 가볼 수 있는 사람은 없다. 내가 간 길도 몽골의 숱한 길 중 일부일 뿐이다. 그러나 하나의 길은 모든 길과 통해 있다. 길은 목적이 아니라 과정일 때 의미가 있기 때문이다.

몽골 여행은 존재하는 무엇을 보러 가기 위한 것이 아니다. 존재하지 않는 것, 나에게 없는 '나'를 만나러 떠나는 곳이 몽골이다. 수천 년의 세월을 건너온 유적도, 수만 년을 지켜온 기기묘묘한 자연 풍광도 거기에는 없다. 모든 것은 바람이 되어 사라졌고, 초원의 흙과 사막의 모래 먼지 사이로 흩어졌다.

그래서 몽골에서는 바람을 만나고, 초원과 사막의 모래 먼지를 만나야 한다. 바람과 초원과 먼지를 만나는 여행, 그것은 곧 나 자신과 맞닥뜨리는 일이다. 존재하지 않는 것과 만나는 여행만큼 가슴을 설레게 하는 것이 어디 있을까?

지금도 몽골의 바람과 햇살이 그립다. 한 시간 넘게 달려도 여전히 내 곁에서 웃어주던 산비장이 꽃길이 그립고, 일렁이는 물살에 몸 맡긴 채 흔들리던 시베리아 낙엽송도 그립다. 호숫가에서 말과 함께 자라던 소년 머흐텅그르도 그리움의 한 구석에 자리하고 있다. 여행을 함께 했던 벗들의 모습조차 새삼 그리워진다. 특히 이 책에 실린 사진의 일부를 찍어준 벗이자 동료인 이무철 선생의 배려도 그립다.

그리고 무엇보다도 오늘은, 그 그리움의 길을, 이 책을 읽는 사람들과 함께 떠나고 싶다.

언젠가는 누구나 다 떠나야 하고, 떠날 수 있기 때문에 생은 더 빛나는 법!

2011년 늦봄 글쓴이

contents

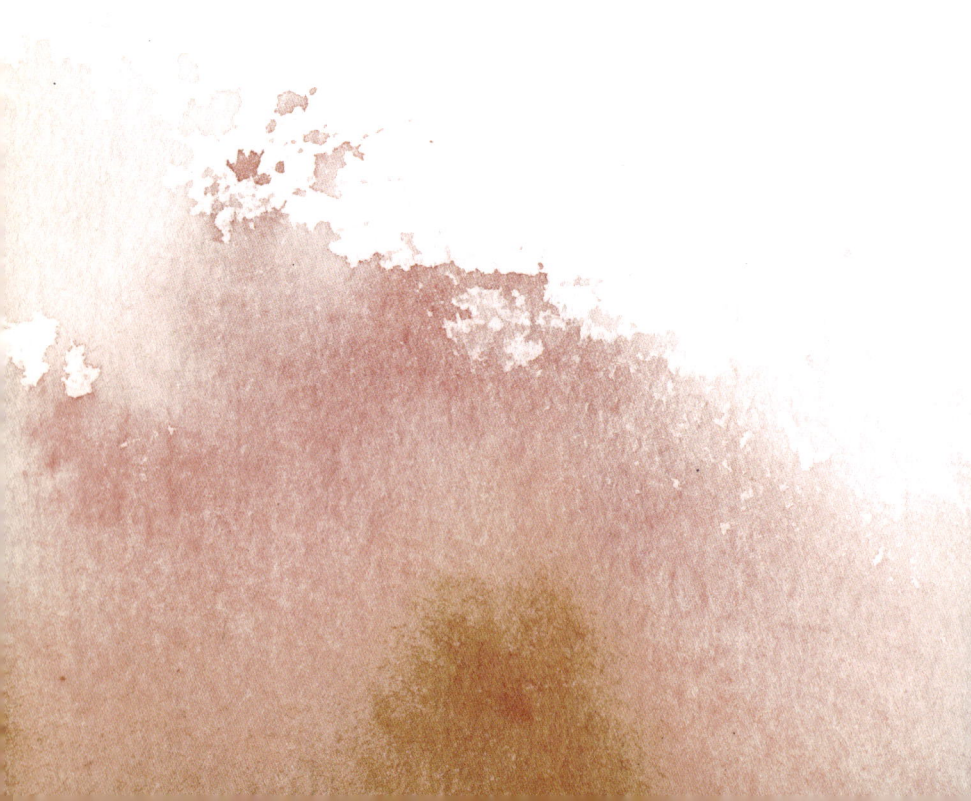

1부.

끝없는 초원과 바람의 땅, 몽골에 도착하다

2부.

흡스골에서
시간이 정지된 휴식을
맛보다

3부.

자연을 그대로 닮은
몽골인들을 만나다

1부

끝없는 초원과 바람의 땅, 몽골에 도착하다

나무 한 그루 없는 평원이 아득하게 펼쳐져 있고, 군데군데 구름이 떠 있다. 구름은 움직이지 않고 제자리에 정물처럼 머물러 있다. 저 아래 황량한 땅이 눈부시다. 구름이 가리지 않는 땅에는 햇살이 말갛게 부서진다. 구름 아래의 땅은 구름 그림자로 거뭇거뭇하다. 구름 그림자는 아득한 평원에 소똥처럼, 말똥처럼 드문드문 흩어져 있다. 시간이 그곳에서 멈춰버린 것 같다.

1.

길은 그저
하나의 선일
뿐

비행기 안에서
내려다 본
몽골 고원의 풍경.
구름 그림자 아래
마른 평원이
누워 있다.

구름의 땅,
풀의 나라

|

울란바토르 시내를 벗어나자 길은 곧게 뻗어 초원 속으로 사라진다. 눈이 시리도록 푸른 초원에 그저 한 줄기 금이 그어져 있을 뿐이다. 그리고 그 금마저도 지평선 저편에서 하나의 점으로 사라진다. 길이 사라진 끝은 하늘이다. 쪽빛 하늘과 싱그러운 초원이 맞닿아 있는 저 길을 따라가면 아득하게 넓은 호수 흡스골이 있을 것이다. 나는 좁은 차창에 기대 창밖으로 흩어지는 초원을 바라보며 문득 어제 한낮의 풍경을 떠올린다.

인천공항을 출발한 미아트 몽골 항공기는 약 세 시간을 날아 몽골에 도착했다. 비행기가 몽골의 하늘로 들어서자, 지상의 모습이 달라진다. 두 번째 몽골 방문이다. 몇 해 전 처음 몽골에 도착했을 때는 한밤중이었다. 그래서 어떤 풍경도 비행기에서 보이지 않았다. 그저 울란바토르에 가까워지면서 아롱대는 불빛들을 보고 그곳에 사람이 사는 마을이 있겠거니 짐작할 따름이었다.

그런데 어제 비행기에서 내려다본 한낮의 몽골 풍경은 '아, 정말 초원의 나라에 왔구나!'하는 감탄이 절로 우러나올 만한 것이었다. 나무 한 그루 없는 평원이 아득하게 펼쳐져 있고, 군데군데 구름이 떠 있다. 구름은 움직이지 않고 제자리에

차가 달린 자리가
곧 길이 된다.
길은 강물처럼
흐르다
사라지기도
한다.

얼핏 보면 메마른
평원이지만, 그
안에는 작은 풀들이
끈질긴 생명을
이어가고 있다.
구름과 벌판의 땅,
몽골 고원.

정물처럼 머물러 있다. 저 아래 황량한 땅이 눈부시다. 구름이 가리지 않는 땅에는 햇살이 말갛게 부서진다. 구름 아래의 땅은 구름 그림자로 거뭇거뭇하다. 구름 그림자는 아득한 평원에 소똥처럼, 말똥처럼 드문드문 흩어져 있다. 시간이 그곳에서 멈춰버린 것 같다.

물이 지나던 길에는 파랗게 풀이 돋아나 또 다른 길을 만들어 낸다. 자동차가 지나간 자리에는 금방이라도 뽀얗게 먼지가 일 것만 같은 길이 생긴다. 정말 저 길로 물이 지나갔을까? 자동차가, 사람이 지나갔을까? 흔적처럼 남아 있는 길을 보며, 문득 그 길 위로 지나간 것은 시간이 아니었을까 하는 생각을 한다. 오랜 세월이 흐르고 흘러 마침내 저런 흔적 하나 남겨놓았을 초원의 자연이 새삼 아득하게 느껴진다. 그런 나의 상념을 아는지 모르는지, 그 흔적 위로 구름 그림자가 놓여 있다.

초원을 향해
떠나다

|

미명의 몽골 하늘 너머로 아침 해가 떠오른다. 제비들이 창밖에서 낮게 날아오른다. 새벽 6시, 벌써 공사장에서는 아침 노동이 분주하게 시작되고 있다. 울란바토르에서는 어디를 보아도 공사 중이다. 새로운 건물을 짓고, 도로를 만들고 있다. 차가 지나갈 때마다 흙먼지가 자욱하게 일어난다. 포장길에서

담은 사람을 막는
도구가 아니다.
동물이 안전하게
살게 하는 것일
뿐이다.

길은 초원으로
이어져 있다.
초원의 주인은 말과
하늘과 바람!

혼적 같은
길을
차가 달린다.

도 먼지가 이는 것은, 이곳이 황량한 사막 위에 세워진 도시이기 때문일 것이다. 고비 사막 어느 귀퉁이에서 일어난 먼지들이 숱한 시간과 공간을 뛰어넘어 도시에 내려앉은 것이리라.

내가 탄 차도 먼지를 일으키며 울란바토르 시내를 벗어난다. 길은 푸릇푸릇한 초원 너머로 제 꼬리를 감추고 있다. 드문드문 차들이 그 위를 지나기는 하지만, 길은 인간의 이동을 위한 것이라기보다는 얼핏 보면 그냥 또 다른 흔적 같다.

내가 탄 차는 일본 자동차 델리카다. 애초에는 러시아 자동차 푸르공을 빌릴 생각이었지만, 델리카의 승차감이 훨씬 좋다는 말에 마음을 바꾸었다. 우리나라 봉고차 같은 모양인데, 지프차처럼 비포장도로를 달리기 좋도록 차체가 높은 편이다.

우리의 운전기사인 아무르는 보기만 해도 숨이 찰 정도로 배가 불룩 나온 40대 친구다. 시종 싱글거리며 노래를 부르고, 신이 나서 차를 몬다.

울란바토르 시내를 벗어나고 잠시 후 아무르가 갑자기 끼고 있던 선그라스를 벗더니, 조수석에 앉은 가이드 현욱씨의 모자도 휙 벗긴다.

"장례식 차예요. 예의를 표시해야 합니다."

그가 앞서 가는 차를 보며 말한다. 우리 차 앞에 검은 승용차와 장례 버스가 늘어서 있다.

"여행 중에 장례식 차를 보면 행운이 찾아옵니다. 죽은 이가 여행에서 생길 수 있는 위험을 다 가지고 가기 때문이지요.

길의 주인은
양 떼다.
우리는 그들의
길을 빌려 잠시
스쳐가는 바람일
뿐이다.

결혼식 차를 보면 불행이 찾아옵니다. 신랑 신부가 여행자의
행복을 뺏어가니까요."

아무르의 말에 나는 빙그레 웃는다. 그의 말대로라면 우리
의 여행길은 내내 행복할 것이다.

초원 저 멀리 아득한 곳에서 느릿느릿 트럭 한 대가 다가
온다. 우리 차가 빨리 달려서 그 트럭은 마치 그 자리에 서 있
는 것 같다. 트럭이 스쳐 지나갈 때 보니 양가죽이 가득 실려
있다. 너무 많이 실었는지 바퀴가 찌그러진 듯하고, 차가 기
우뚱한다. 문득 양가죽들에서 초원의 햇살과 바람 내음이 나
는 것 같다. 어쩌면 몽골의 양들은 풀이 아니라 바람과 햇살을
먹고 자라는지도 모른다. 이런 생각이 드는 것은 내가 여행자
이기 때문이리라.

"처음 몽골에 왔을 때는 정말 견디기 힘들었어요."

가이드 현욱씨는 몽골 국립대학 학생이다. 선한 얼굴에 배시시 웃는 모습이 아직도 앳돼 보이지만, 뛰어난 몽골어 실력으로 여행 내내 아무 어려움 없이 통역을 맡아주었다.

"테를지에 갔을 때인데요, 갑자기 눈이 무지무지 아픈 거예요."

몽골 초원의 아름다움에 감탄을 하고 있는 내게, 그는 초원이 아름답기만 한 것은 아니라며 이야기를 털어놓는다.

"아버지가 혀로 눈을 핥아주어 나았어요. 파리가 눈에 알을 낳아서 아팠던 거였대요."

어떤 사람은 초원의 게르에서 자다가 딱정벌레가 귓속에 들어가 고생했다는 이야기를 들려주며 그는 싱긋 웃는다. 그의 웃음이 초원을 스쳐가는 바람처럼 싱그럽다.

TIP } 몽골

몽골은 고원의 나라다. '높고 평평한 땅'이라는 말처럼 몽골을 잘 나타 내는 말이 또 있을까?

몽골의 평균 해발고도는 약 1,500m다. 국토의 40%는 고비 사막이고, 나머지는 고원의 산악지대이거나 평원이다. 그래서 몽골 여행은 다른 어떤 여행보다도 풍경에 빠져들 수밖에 없다. 평원을 여행하면 마음이 더없이 넉 넉해지고, 사막을 여행하면 막막한 풍경에 넋을 잃게 된다.

몽골을 흔히 몽고라고 부르는 경우가 있는데, 이는 잘못된 명칭이다. 몽고|蒙古|라는 명칭은 중국이 지금의 내몽고 자치주 지역을 정복하면서 붙인 것이다. '예부터 어리석다'는 뜻이니, 몽골을 비하하려는 의도가 담겨 있는 명칭이라고 할 수 있다. 몽골, 혹은 영문 명칭인 몽골리아가 몽골을 부르는 올바른 이름이다.

몽골의 면적은 156만 7천여km²로 남북한 전체의 약 7배가 넘는 광대 한 땅이다. 인구는 겨우 3백만 남짓으로 대부분이 수도 울란바토르에 모여 살고 있다. 그래서 울란바토르를 벗어나면 인가를 찾기 힘들다. 시야 끝까 지 지평선과 초원, 사막이 펼쳐진 풍경 속에 던져진 자신의 존재를 온몸으 로 느낄 수 있는 여행은 그런 환경적 조건에서 비롯되는 것이다.

몽골의 역사는 바이칼 근처에 살던 몽골리안이 순록을 따라 몽골 고원 으로 이동하면서 시작된다. 그러나 오랫동안 단일국가를 형성하지 못하고, 투르크족이나 서하족, 오랑하이족 등 소수 부족 형태로 존재하고 있었다.

13세기 초, 칭기스칸이 통일 몽골의 칸으로 추대되면서 몽골은 세계사 의 전면에 등장하게 된다. 칭기스칸의 손자인 쿠빌라이칸이 원나라를 건국 하면서, 몽골은 중국을 포함한 아시아 전역에 걸쳐 영역을 확장한다. 칭기스 칸부터 이 시기까지가 몽골의 전성기라고 할 수 있다. 몽골은 수도를 베이징

으로 옮기며 세계의 맹주를 꿈꾸었지만 명나라의 건국과 함께 쇠퇴의 길을 걷는다. 1368년 원의 마지막 황제인 순제 |토곤 테무르| 가 지금의 고비 사막으로 쫓겨나면서, 원나라를 세운 몽골은 중심의 자리에서 비켜나게 된다.

이후 몽골은 러시아와 중국의 침략으로 국토를 빼앗기는 수모를 당한다. 바이칼 부근의 부리야트족이 살던 지역은 러시아에 병합되고, 내외몽골 지역은 중국의 청나라에 빼앗긴 것이다.

1911년 청나라가 망하자 몽골은 독립을 선언하고 오랜 기간의 독립 투쟁을 통해 마침내 1921년 러시아 혁명 세력의 도움으로 독립국가로서 첫발을 내딛게 된다. 1924년 사회주의 혁명으로 비로소 진정한 독립을 이룬 몽골은 이후 러시아의 영향이 축소된 1992년에 신민주헌법을 발효시키면서 민주주의로 변화를 이루어 오늘에 이르고 있다.

유목의 전통은 자취를 남기지 않는 것이다. 세계를 지배할 당시에는 수도를 중국으로 옮겼고, 다시 몽골 땅으로 돌아와서는 여전히 유목 생활을 해야 했던 몽골 민족은 지금도 여전히 문화적 · 역사적 유물이 많지 않다. 몽골 여행은 역사의 유물을 눈으로 보는 것이 아니라 마음으로 보고, 바람으로 느끼는 일이다.

초원의 시간, 사막의 세월을 기준으로 볼 때, 인간이 이루어낸 자취란 얼마나 미미하고 덧없는 것인가를 우리는 몽골 여행을 통해 몸과 마음으로 느낄 수 있다.

풀을 뜯는 말조차
활기가 넘친다.
초원은 살아 있는
생명의 땅이다.

2.

초원에는
나무 그늘도
귀하다

어워에
안녕을 빌고

|

벅드산 | 울란바토르 근교에 있는 산 | 을 지나자 이제는 온통 초원이다. 포장길인데도 초원 사이로 뻗어 있어서인지 푸른색으로 보인다. 자동차가 달리는 길과 나란히 기찻길이 놓여 있다. 몽골은 철도가 발달한 나라가 아니다. 물동량이 많지 않고, 인구도 적어서 대량 수송 수단인 철도를 건설할 까닭이 없기 때문이다. 큰 철도라곤 러시아와 중국을 잇는 국제 철도와 서북 지역의 에르데네트까지 이어진 철길 정도이다.

우리가 달리는 길과 나란히 뻗어 있는 저 철길이 바로 에르데네트 행 기차가 달리는 길이다. 그런데 철길을 목책으로 막아놓았다. 목책은 대개 지켜야 할 것을 둘러싸기 위한 것이다. 그렇다면 저 목책이 지키는 것은 철길인 셈인데, 대체 철길을 누가 떼메고 가기라도 한단 말인가? 그것도 사람조차 보이지 않는 초원에서 말이다. 알고 보니 양들이 철길로 들어가지 못하도록 막아놓은 목책이란다.

알래스카 북부에서 앵커리지까지 잇는 철길을 달리는 기차는 순록이 이동하는 철이 되면 속도가 한없이 느려진다고 한다. 순록들이 주로 눈이 덜 쌓인 철길을 따라 이동을 해서 기차가 순록의 뒤를 따라 천천히 움직여야 하기 때문이다. 끝없는 하얀 눈밭에 점점이 이어진 순록 떼와 그 뒤를 마치 어미처럼 느릿느릿 뒤따르는 기차의 모습을 상상하는 것만으로 행복했던 적이 있다.

자동차 길을 따라 이어지는 철길과 철길을 호위하듯 늘어선 목책들을 보며 나는 양 떼가 달리는 모습을 떠올리고는 또 행복해진다. 행복이란 어떤 사물을 통해 상상하는 또 다른 사물에 대한 그리움 같은 것인지도 모른다.

그런 상상을 하는 사이 길은 초원 너머로 사라진다. 사라지는 그 길을 향해 내가 탄 차는 마치 숨어들 듯 달려간다.

얼마를 달렸을까. 길가에 까만 새가 앉아 있다가 푸드득 날아가는 것이 눈에 띈다. 커다란 것이 독수리 같다. 그러나 자세히 보니 까마귀다. 몽골의 까마귀는 독수리만큼 크구나 하며 감탄하는데, 차가 밀린다. 이렇게 한가한 길에서 차가 밀리다니, 무슨 일일까? 아무르가 또다시 선그라스를 벗는다. 장례식 차량인가보다. 옆자리의 현욱씨가 눈치를 채고 얼른 모자를 벗는다. 화장장이란다. 장례 차량이 화장장으로 진입하면서 중간 중간에 술과 우유를 뿌린다. 마치 고수레를 하는 것 같다. 죽은 이의 영혼을 위한 고수레일까? 아니면 죽은 이의 영혼이 다른 영혼들에게 하는 신고식일까? 초원에서는 죽음조차 푸르러 보인다.

초원이라고 한없이 평평한 것만은 아니다. 달리다 보면 조그만 구릉도 있고, 아득한 지평선 끝에는 불쑥불쑥 산맥 줄기도 솟아 있다. 그러나 눈 닿는 곳 대부분은 너른 평지다. 그래서 나 자신이 아득하게 넓은 분지 속에 놓여 있는 것 같은 느낌이 들곤 한다.

작은 언덕을 넘어서던 차가 갑자기 멈춘다. 아무라가 내리더니 언덕 오른편으로 올라간다. 그쪽을 바라보니 몽골식 성황당인 어워가 있다. 돌무더기를 쌓아놓고 깃발을 꽂아놓은 풍경이 40년 전쯤의 우리네 시골 마을 같다. 마을을 지켜주는 상징적 존재인 어워는 초원에서 마을과 마을을 구분하고 지역을 표시하는 이정표 구실을 하기도 한다. 꽂힌 깃발에 따라 명칭이 다른데, 아주 큰 깃대를 꽂은 것은 초크트 어워, 금빛 깃대를 꽂은 것은 알탄 어워, 단순한 깃대만 있는 것은 차강 어워라고 부른다. 그런데 이 어워는 천을 칭칭 감아놓아 깃대의 색깔을 알 수가 없다.

어워에는 말 머리뼈, 술병 같은 것들이 돌 위에 함께 올려져 있다. 누구의 것인지, 목발도 하나 덩그러니 놓여 있다. 말 머리뼈는 말의 영혼을 위로하기 위한 것일까? 목발을 두고 간 것은 자신의 아픈 다리를 낫게 해달라고 간절히 기원하는 뜻에서일까?

시계 방향으로 어워를 세 번 돌고 소원을 빌면 소원이 이루어진다고 한다. 나도 어워를 세 바퀴 돌고 여행의 무사와 안녕을 빈다. 그러자 정말 이번 여행이 무사태평할 것이라는 믿음이 가득 차오르는 것 같다. 초원에 오면 초원 사람들의 믿음까지 여행자에게 깃드는 것일까?

어워는 경계의
표시이기도 하고,
길 안내자이기도
하고, 초원
사람들의 신성한
장소이기도 하다.

어워에 놓인
말 머리뼈.
말의 영혼은
어디로
갔을까?

어워를 떠나 조금 달리자, 갑자기 양 떼가 길을 막아선다. 도로 가득 양 떼가 걸어오고 있다. 차와 맞닥뜨리자 양 떼는 급할 것 없다는 듯 천천히 비켜선다. 길의 주인은 차도 아니고 사람도 아니다. 몽골 초원의 길은 양 떼 같은 짐승들의 것이다. 우리는 잠시 그 길을 빌려 달리고 있을 뿐이다.

"몽골의 양들은 죽기 하루 전에 제 운명을 알고 울기 시작한답니다."

아무라가 양 떼를 보며 말한다. 이렇듯 양들이 신성하다는 의미일까? 하긴 국민 숫자보다 양의 숫자가 더 많다는 몽골이니 그런 생각을 지닐 만하다. 양 떼와 함께 잠들고, 양 떼와 함께 하루를 보내며, 양의 먹이를 찾아 집을 옮기고, 양의 젖과 고기로 생명을 유지하는 몽골인들에게 양이야말로 가장 신성하면서도 친근한 짐승임에 틀림없다.

게르,
도저한 슬픔의 풍경
|

차는 여전히 벌판 사이로 난 길을 달린다. 한참을 달리면 비탈진 산주름에 덩그마니 놓인 하얀 게르가 나타난다. 오직 그것 뿐, 아무도 없다. 초록 벌판뿐이다. 게르 주위로 목책이 둘러쳐져 있고, 더러는 텅 빈 짐승 우리가, 더러는 말이나 양 떼가 옹기종기 모여 게르를 지키고 있다.

그런 게르의 모습은 그 자체로 도저한 슬픔이다. 이웃에 숨결 나눌 사람 하나 없이 해가 지고, 바람이 불고, 밤이 내려와 별이 송송 돋아날 것이다. 양이나 말의 콧김으로 캄캄한 밤을 녹이는 게르 안의 사람들은 어쩌면 삶을 살아가는 것이 아니라 그저 살아지는 것으로 생각하지 않을까?

그런 생각을 하는 동안에도 차는 계속해서 달린다. 몇 개의 벌판을 지나면 어쩌다 자작나무들이 작은 숲을 이루는 경우도 있다. 바이칼 타이가 삼림 지대의 자작나무보다 몽골 초원에서 만나는 자작나무는 더 귀티가 흐른다. 숲이 드문 곳에서 자라기 때문일까?

초원으로 들어갈수록 길을 막는 양 떼와 염소 떼를 더 자주 만난다. 그럴 때마다 차는 멈추어 서서 짐승들이 지나가기를 기다린다. 누군가, 길을 막는 양 떼를 보며 "밥 먹으러 가니?"하고 중얼거린다. 그렇다. 그 짐승들이 밥을 먹기 위해 건너편 초원으로 가는 동안, 우리는 잠시 멈추어 서 있는 것이다. 이곳은 바로 그 짐승들의 땅이니까. 우리는 그저 스쳐지나가는 바람 같은 존재들일 뿐이니까. 지나가는 바람을 보고 길을 멈출 짐승은 세상에 없으리라. 양과 염소들은 우리를 바람 한 점 쳐다보듯 흘낏 바라보고는 다시금 제 갈 곳을 찾아 길을 건넌다.

얼마를 달렸을까. 갑자기 빗방울이 몇 점 차창에 떨어진다. 초원이 더 싱그러워진다. 길가에 가시풀들이 돋아나 있다. 빗

초원에
존재하는 것들은
다 싱그럽다.
말도, 게르도,
심지어
자동차도.

줄기 속에서 여린 꽃들과 어우러져 빛나는 초원의 풀들! 산 능선은 흐린 하늘에 안겨 있고, 하늘은 초원을 품고 있다. 마음이 느긋해지고 잔잔해지는 풍경이다.

졸다가 깰 때마다 마을이 하나씩 나타난다. 마을이라고 해야 열 채도 채 안 되는 게르들이 모여 있는 것뿐이다. 다시 햇살은 쨍쨍하다. 비가 내리는 곳을 지나온 것이리라. 산을 넘은 것도 아닌데, 같은 초원에서 어느 곳에는 비가 오고 어느 곳에는 햇살이 내리쬔다. 평생을 산자락에서 살아온 우리에게는 낯설고도 설레는 풍경이다.

유목에서 정착으로
가는 길

|

군데군데 초원이 벗어진 땅이 있다. 네모반듯하게 갈아놓은 땅의 속살이 붉다. 황토보다 붉고 짙은 땅이 꼭 그림 같다. 사람의 힘으로는 개간할 수 없을 만큼 넓은 그 땅을 트랙터가 갈아엎기도 한다. 저 너른 땅에 보리를 심는단다.

유목민이 정착민으로 변해가는 과정이 그 밭 위에 선명하게 새겨진다. 저 밭을 일구는 사람들은 이제 더 이상 초지를 따라 이동하지 않으리라. 게르를 헐어 주섬주섬 마차에 싣고 또 다른 풀밭을 찾아 떠나지 않으리라. 한 곳에 머무르며 기계로 대규모 작물을 심고, 물을 길어 올려 작물이 자라게 하고, 대량으로 작물을 수확한 것을 팔아 돈을 마련하리라. 그리고 그 돈으로 자본주의가 만들어낸 무한 소비의 삶 속으로 자신을 내맡기리라.

문득 이제는 중국 땅이 된 내몽골 자치주가 생각난다. 한때는 넓디 넓은 초원이었다는 내몽골은 이제 사막에서 자라는 낙타풀마저 듬성듬성한 황무지가 되어버렸다. 내몽골 초원이 황폐화된 것은 중국이 그곳을 점령하면서 유목민을 농경민으로 바꾸어버렸기 때문이라고 한다. 유목민은 양이나 소에게 풀을 뜯게 하되, 다음 해 목축을 생각해 풀을 완전히 없애버릴 정도로 먹이지는 않는다. 그러나 농경은 초원의 풀을 모두 없

갑자기 말을 타고
달려온 소년이
싱긋 웃고는
다시 어디론가
달려가 버린다.
초원의 신기루 같은
한순간이 그렇게
지나간다.

애고, 그 위에 작물을 심으니, 초원이 점점 사라지고 마는 것
이다. 더구나 농경은 대량의 물을 필요로 한다. 이로 인해 초
원의 물이 말라버리게 되고 빠르게 사막화가 진행된다. 사막
에 나무를 심기 위해서는 먼저 방풍이 될 울타리 나무를 심고
| 이 나무들은 결국은 죽게 된다 |, 풀씨를 심어 자라게 한 다음, 그
풀밭 위에 나무를 심는다고 한다. 풀이야말로 초원에서는 생
명의 가장 중요한 뿌리인 셈이다.

　또 다른 이야기에 따르면, 문화혁명 당시 내몽골에 많은 한
족들이 들어가 농경을 시작하면서 늑대를 대량으로 잡았다고
한다. 늑대가죽을 얻기 위해서였다. 그러자 양 떼가 기하급수
적으로 늘어나서 풀을 다 뜯어먹어 버렸는데, 거기에 농경까
지 하게 되어 초원이 사막으로 바뀌고 말았다고 한다.

어느 주장이 옳든 간에 초원은 이제 황막한 사막이 되어버렸고, 그 사막의 바람이 봄이면 어김없이 우리나라에까지 황사 먼지를 날려 보낸다. 오랜 세월 농경의 삶을 유지했던 땅과 목축의 삶을 유지했던 땅은 저마다 그럴 만한 이유가 다 있었을 것이다. 기후와 토질과 온갖 생태적 조건들이 유목이나 농경을 그 땅에 뿌리내리게 했다. 그런데 자본의 논리가 이제 환경까지 인위직 힘으로 바꾸어버리려고 한다. 농경의 땅이 목축의 땅이 되기도 하고, 유목의 땅이 농경의 땅이 되기도 한다. 그 결과는 필연적으로 자연의 반란으로 인간에게 되돌아온다. 매서운 바람, 사나운 모래 먼지, 물 부족으로 인간이 살 수 없는 땅이 되어버리는 결과는 어쩌면 인간이 자연에 대항한 대가로 되돌려 받는 재앙인지도 모른다.

이 넓고 푸른 초지가 어느 날 갑자기 사막으로 뒤바뀌는 일이 벌어지지 않기를, 나는 끝 간 데 모르게 아득히 펼쳐진 보리 심을 밭을 바라보며 빌어본다. 몽골 초원의 풍경은 그만큼 아름답다.

올디아스 그늘에서 점심을 먹다

|

차가 달리는 오른편으로 긴 강이 나타난다. 초원에서 만나는 강은 신비롭기까지 하다. 강은 마치 펼쳐놓은 비단 폭처럼

벌판을 눈부시게 흐른다. 하라 강이다. 그 강을 끼고 몽골 제2의 도시 다르항이 자리 잡고 있다.

우리는 다르항을 흘깃 곁눈질만 하고 계속 달린다. 길 따라 야생화들이 노랗게 얼굴을 들고 있다. 길이 풀섶보다 더 따뜻해서일까, 야생화는 길가에 일렬종대로 늘어서 있다. 차와 함께 노란 얼굴의 야생화들이 함께 달리는 것 같다. 눈을 들면 온통 구릉들이 펼쳐진다. 구릉 위로 파란 하늘과 쨍쨍한 햇살이 눈부시다.

아득한 초원 저쪽에서 점 같은 말 한 마리가 빠르게 달려온다. 자세히 보니 한 소년이 말을 타고 초원을 가로지르고 있는 중이다. 그 소년의 모습 자체가 초원이고 풀 위에 부는 바람이다. 바라보는 내 가슴이 시원해진다.

한참을 달리는데, 길가 언덕 위로 낙타 두 마리가 보인다. 한 사내가 고삐를 끌고 지나가고 있다. 차를 세우고 내려 낙타 구경을 한다. 사막이 아니라 초원에 낙타가 있는 것이 신기하다. 쌍봉낙타다. 낙타는 야생화가 그들먹하게 핀 초원에 멈춰 풀을 뜯어먹는다. 야생화를 먹고 자라는 낙타의 몸에서 향긋한 초원의 향기가 날 것 같다.

길가에 온통 야생화다. 패랭이꽃도 있고, 바람꽃처럼 생긴 것도 있다. 민들레가 점점이 피어 있는 곳에는 땅속으로 굴이 파여 있다. 조름이라는 초원 다람쥐의 굴이란다.

한참 초원의 바람을 쐬고 나서 다시 길을 나선다. 여전히

구릉과 하늘이
어우러져 빚어내는
눈이 시린 초원
풍경

푸른 하늘을
등에 지고 낙타가
풀을 뜯는다. 그
풀은 야생화다.
낙타의 몸에서
야생화 향기가 날
것 같다.

초원이 이어지고, 간혹 가다 버스 정류장이 나타나기도 한다. 길은 끝나지 않을 것처럼 초원 속으로 놓여 있다. 아득하고 막막하고, 그리고 푸르다! 푸르고, 시리다!

햇살은 한낮이 다가올수록 점점 더 뜨거워진다. 점심 무렵이라 속이 출출하다. 그런 눈치를 챘는지, 아무라가 차를 길밖으로 몬다. 길은 초원에 그어놓은 금일 뿐이다. 길을 벗어나면 초원이고, 그 초원에 차가 들어서면 그곳도 길이 된다. 길이면서 초원이고, 초원이면서 길이다.

차가 강가에 닿는다. 허르헝 강이다. 그러나 햇볕을 가릴 나무 그늘 하나 없다. 물가에 나무들이 늘어서 있지만, 강물에 닿아 있어 앉을 공간이 없다. 초원에서는 그늘도 귀한 법이다. 뙤약볕 아래서 도시락을 먹을 생각을 하니 먹기도 전에 목이 멘다.

햇볕을 가리키며 고개를 가로저어 보이자, 아무라가 다시 차를 조금 더 몰아 강 아래쪽 초원으로 간다. 거기 덩그마니 나무 한 그루가 서 있다. 올디아스 나무란다. 제법 그늘이 드리워 있다. 그 그늘에 앉아 초원 위의 점심을 먹는다.

아침에 싸온 도시락이다. 그런데 밥을 한 숟가락 떠 넣을 때마다 서너 번 씩 팔을 휘저어야 한다. 모기 때문이다. 몽골 초원의 모기들은 한낮에도 극성스런 활동을 멈추지 않는다. 햇살이 쨍쨍한데, 모기는 오랜만에 만난 인간의 피에 신이 났는지, 마구 달려든다. 그래도 풍경은 기가 막히다.

허르헝 강. 먼
길을 달려온
탓인지 강의 몸이
흙빛이다.

올디아스 나무 그늘 아래서의 점심. 초원에서는 나무 그늘조차 귀한 법이다.

나는 얼른 밥을 먹고, 주변 산책을 나선다. 물이 흘러간 자국만 남은 마른 개울이 있다. 말라 죽은 나무들도 있다. 물이 흐를 때는 자라다가, 물이 마르자 제 몸도 말려버린 것일까? 마른 나무를 보니, 초원에서의 생명들의 순환이 보이는 듯하다.

다시 차가 움직인다. 달려온 길이 250km다. 그리고 오늘 중으로 가야 할 길이 약 200km다. 가도 가도 계속되는 초원, 초원 위의 길, 때때로 나타나는 구불구불한 물길 속을 차가 다시 달리기 시작한다.

초원에
바람이 분다.
풀이 흔들린다.
흔들리며 들꽃이
피어난다.

TIP } 게르와 어워

몽골인들은 유목의 전통을 지니고 있다. 유목은 정착과 상대적인 언어다. 유목은 이동을 전제로 한다. 정착이 늘어난 요즘도 몽골인들은 유목의 전통을 잊지 않고 생활한다.

수도 울란바토르에는 정착의 상징인 벽돌이나 시멘트로 된 집과 건물이 즐비하다. 그러나 현대화된 울란바토르에서도 여전히 이동의 주거 형태였던 게르가 수없이 눈에 띈다. 벽돌집을 짓고 울타리를 쳐놓은 곳에도 마당 한 구석에는 게르가 설치되어 있다. 그들의 마음속에 여전히 유목의 전통이 살아있음을 보여주는 증거다.

게르는 초원에서 짐승들을 유목해야 했던 몽골인들에게 가장 효율적인 주거 형태이다. 짓는 데 세 시간 남짓이면 충분한 겔은 이동의 편리성을 극대화한 집이다. 매서운 몽골 바람을 막아줄 양털 가죽으로 덮고, 짐승의 똥을 연료로 사용하는 난로를 설치하면, 게르는 온기 가득한 거주 공간이 된다.

게르는 기둥과 서까래를 연결해 세우고, 둥글게 나무 벽을 친 뒤 천막을 씌우면 완성된다. 게르의 천정 가운데에는 하늘이 보이도록 구멍이 뚫려 있는데, 몽골인들은 이 구멍을 통해 인간과 하늘이 소통하고 연결된다고 믿는다. 자연에 깃들여 살면서, 하늘의 뜻을 순하게 따르는 몽골인들의 마음이 게르에 스며들어 있는 것이다.

몽골 여행에서 게르와 더불어 가장 자주 만나는 인위적 구조물은 돌무더기인 어워다. 돌무더기 가운데에 나무나 쇠막대기를 꽂고 오색의 천을 감아놓았다. 어워는 길의 방향을 안내해주는 이정표 역할을 하기도 한다. 길 떠나는 사람은 어워에서 시계 방향으로 3바퀴를 돌고 기도하며 안전을 비는 풍습이 있다. 우리로 치면 성황당에 해당되는 셈이다.

어워에는 말 머리뼈나 양뼈, 혹은 의족 같은 물건들이 놓여 있기도 하다. 기르는 짐승들의 평안과 자신의 건강을 어워에 비는 뜻에서 그런 물건들을 놓아두는 것이다. 어워는 몽골인들의 기도 장소이며, 그 자체로 수호신 역할을 담당하기도 한다.

눈부시게 푸른 초원 위에 제 몸을 내맡긴 채 쉴 새 없이 바람에 흔들리는 어워의 깃발을 보면 그 자체가 초원의 야생화 같은 느낌이 들기도 한다. 빌어야 할 무엇이 있다는 것만으로도 삶이 얼마나 넉넉해지는지 어워를 보면 깨닫게 된다.

3.

게르에서
북두칠성과 이야기를
나누다

초원에
개울이 있다.
풀과 물 사이에서
소년은 자란다.

고야는 없어도
아이들은 자란다

|

차는 끄떡끄떡 졸면서 달린다. 푸르디푸른 초원 너머로 완만한 구릉, 그리고 이따금 나타나는 게르와 게르 주위 양 떼와 말 몇 마리, 같은 풍경이 반복된다. 그럼에도 질리지 않는 것은, 그 풍경이 세상의 어떤 것보다도 마음을 평안하게 해주기 때문이다.

마음이 편안한 탓일까, 깜빡 잠이 든다. 차가 비틀거리는 느낌에 퍼뜩 눈을 뜬다. 아무라가 졸고 있다. 등에서 식은땀이 흐른다. 뒤에서 따라오던 일행이 탄 차가 빵빵 경적을 울린다. 우리 차가 비틀거리는 것을 보았나 보다.

아무라가 길을 벗어나 초원 쪽으로 조금 내려가 차를 세운다. 물가다. 물길이 꿈틀꿈틀 제 몸을 틀며 초원 아득한 곳에서부터 흘러오고 있다. 아이들 몇몇과 부부로 보이는 어른 둘이 물가에서 목욕을 하고 있다. 아무라가 차에서 내려 물가로 가서 얼굴을 씻는다. 그제야 정신이 좀 드나 보다.

길가라고 해도 낭떠러지가 아니고 그저 초원이니, 졸다 사고가 났다고 해도 큰 부상을 입지는 않았겠지만, 그래도 가슴을 쓸어내린다. 우리 일행도 물가에 가서 손을 담그고, 세수를 한다. 시원하다. 물에서 초원의 향기가 나는 것 같다.

몽골의 아이들이 자맥질을 하며 신나게 놀고 있다. 그 아

이들의 모습이 그대로 초원의 풍경이 된다. 어린 시절, 집 뒤에 있던 고야나무 | 토종 자두나무 | 에 올라가 열매 몇 개 따들고 개울가로 달리던 내 모습이 거기 어린다. 혹 그때의 나처럼 고야 몇 개를 물속에 던져 넣고 찾아내는 놀이를 하지는 않나 눈을 크게 뜨고 둘러보지만, 고야는 없고 아이들은 그저 신나게 물장구를 쳐댈 뿐이다. 고야가 없어도 아이들은 초원의 햇살과 바람과 강물로 탱탱하게 여물고 부쩍부쩍 자랄 것이다. 그리고 초원을 달리는 몽골의 청년이 될 것이다.

더러움 속에서도
아름다움이
|

다시 차는 초원을 달린다. 자르갈란트 솜 | 몽골의 최소 행정구역 단위 | 을 지난다. 산발치에 옹기종기 집들이 모여 있다. 우리로 치면 리 | 里 | 보다도 작은 마을이다. 그래도 어쩌다 게르 한 채 나오던 초원보다는 많은 집들이 모여 있다. 대문 밖을 나서면 풀밭이다. 풀밭에는 양 떼가 모여서 풀을 뜯고 있다. 집의 영역과 양의 영역이 그렇게 나뉜 채 모여 있다. 인간과 동물이 행복하게 어울려 살아가는 모습이다.

차가 에르데네트를 지난다. 에르데네트는 몽골 최대의 광산지대이며, 세계에서 네 번째로 구리 매장량이 많은 곳이다. 그래서일까. 사람들이 제법 많이 모여 산다. 이처럼 자본은 아

초원을 실처럼
흐르는 개울과
푸른 하늘

어워의 머리 위로
하늘이 눈부시게
푸르다

에르데네트 입구.
온수 파이프가
길을 가로지르며
설치되어 있다.

득한 벌판에 사람들을 모은다. 구리를 채굴하는 회사가 들어
서면, 기술자가 모여들고, 광부들이 달려든다. 그리고 그 광
부들의 임금을 바라보고 가게와 술집들이 들어서게 된다. 이
렇게 하나의 도시가 형성되는 것이다. 사람들은 그 도시 속에
서 아옹다옹하면서 살아가리라.

　양털을 가득 실은 트럭이 비틀비틀 스쳐 지나간다. 양털
1kg에 약 4백 ~ 5백 투그릭 | 몽골 화폐 단위. 우리 돈과 거의 1:1. | 이
란다. 반면 염소털은 같은 무게에 4천 ~ 5천 투그릭으로 거의
10배나 비싸단다. 왜 그런가 했더니 양이 많고 기르기 쉬워서
라고 한다. 요즘 같은 여름에 털을 깎아 팔면, 겨울이 오기 전
까지 다시 털이 자라 동물들의 겨울나기에는 문제가 없다고
한다. 짧은 여름은 순식간에 지나가리라. 그래서 초원의 일꾼

구름이 구릉에
얹혀 있는 것
같다.

들은 여름에 더 바쁜 건지도 모른다. 길고 긴 겨울을 나기 위해 짐승의 털을 깎아 팔고, 젖을 짜 유제품을 만들어 겨울 식량을 준비하려면 긴긴 여름 해도 짧기만 할 것이다. 그러나 여행자의 눈에는 그 모든 풍경이 그저 한가롭게만 보인다. 여행자는 늘 삶의 객관자일 수밖에 없나 보다.

길가에서 손을 흔드는 아이들이 있다. 아무라가 차를 멈춘다. 아이들이 병 속에 산딸기를 넣어 팔고 있다. 한 병에 2천 투그릭이다. 아무라가 한 병을 사서 우리에게 건넨다. 우리나라 산딸기보다는 알이 작다. 나무딸기가 아니라 풀딸기인 것 같다. 맛을 보니, 단맛보다는 새콤한 맛이 더 강하다. 그래도 아무라는 아주 귀한 것이라며 자꾸 더 먹으라고 권한다.

에르데네트에서 볼강까지 약 65km를 쉬지 않고 달린다.

볼강 아이막 | 우리나라의 도에 해당하는 행정구역 단위 | 으로 들어서서도 쉬지 않고 달린다. 볼강은 아이락의 본고장이다. 아이락은 동물의 젖을 발효시켜 만든 음료다. 음료라기보다는 술에 가까운데, 우리나라 막걸리와 비슷하다. 나중에 돌아오는 길에 아이락 한 병을 사서 아무라에게 권하니 운전하는 데 지장이 있다며 마시지 않던 것을 보면, 제법 취기를 돌게 하는 술임이 틀림없다. 시큼털털한 아이락의 맛에도 초원의 향기가 담겨 있는 것 같다.

이따금 초원 저편으로 소 떼도 보인다. 워낙 말과 양이 많다보니 소 떼가 오히려 귀하게 느껴질 정도다. 몽골의 소고기는 방목을 하기 때문에 질기고 맛이 덜하다고 한다. 가죽도 벌레들에게 뜯어먹혀 구멍이 뚫린 곳이 많아 높이 쳐주지 않는다고 한다.

허름한 가게에 들른다. 허름하기는 해도 냉장고에는 시원한 맥주가 들어 있다. 한 캔을 사서 목을 축인다.

한숨 돌린 차는 이제 오랑터거를 향해 달린다. 길은 아예 비포장이다. 먼지를 자욱하게 날리며 달리면 초원의 바람이 그 먼지를 쓸어가 버린다. 가다가 팬 곳을 만나면 그냥 초원으로 들어선다. 길을 옆에 두고 한참 동안 초원으로만 달리는 경우도 있다. 그렇게 달려가면 그곳이 또 길이 된다. 그래서 초원 위로는 무수히 많은 길이 나 있다. 어디가 길인지 알 수 없을 지경인 곳도 있다.

꽃이
아름다운 것은
숱한 말똥과
양똥 위에
있기 때문이다.

　　얼마나 달렸을까. 작은 언덕을 힘겹게 오르던 차가 잠시
멈춘다. 언덕 꼭대기다. 언덕이라고 해야 밋밋한 구릉이다.
길가에 휴게소인지 민박집인지, 깔끔하게 나무로 지은 집이
한 채 자리 잡고 있다. 서너 명이 집 앞 나무식탁에 앉아 음식
을 먹고 있다.

　　오랫동안 차 안에 있어서인지 허리가 뻐근하다. 차에서 내
려서 보니 길 건너편 쪽으로 온통 꽃밭이다. 보라색 꽃이 특
히 많다. 쥐손이풀 같다. 이질풀도 지천이다. 카메라를 들고
꽃밭으로 들어서다 그만 멈칫 물러서고 만다. 꽃밭 속에서 왱
왱거리며 파리들이 달려들기 때문이다. 모기도 셀 수 없이 많
다. 꽃밭 여기저기 말똥, 양똥이 가득하다. 화장실에나 갈 생
각으로 야생화밭 아래쪽에 있는 작은 목조 건물로 갔다가 거

오토바이를 타고
초원길을 사라지는
몽골 사람들.
사라져서 풀이나
먼지가 되는
사람들!

기서도 그냥 돌아서고 만다. 문 밖에서도 화장실 안쪽에서 왱왱거리는 소리가 선명하게 들린다. 살짝 문을 열어보니, 세상에! 파리가 융단폭격하며 내게 달려드는 게 아닌가! 나는 얼른 문을 닫고 멀찌감치 물러선다.

돌아서다 곰곰 생각해본다. 아름답다고 온전히 아름답기만 한 것은 아니다. 더럽다고 온전히 더럽기만 한 것은 아니다. 아름다운 것 속에는 더러운 것이 담겨 있고, 더러운 것에도 아름다움이 깃들어 있는 법이다. 꽃이 아름다운 것은 그 아름다움을 피워내기 위해 짐승들의 똥 속에 있었기 때문이다. 더러운 똥 속에 있으면서도 고운 꽃을 피워낸다. 그렇다면 더러운 것과 아름다운 것은 몸만 다를 뿐 같은 것이 아닐까? 그런 생각을 하는 내게 꽃들이 싱긋 웃어주는 것 같다.

길 위의 사람에게
별은 깃들고
|

언덕 위에서 가야 할 길을 바라본다. 날은 조금씩 어두워지고 있다. 이제 하룻밤 묵어야 할 곳으로 가야 하는데, 언덕 아래 초원에는 집이라고는 하나 보이지 않는다. 그저 황토빛 길이 푸른 초원 위로 제 몸을 몇 번 꼬고 누워 있을 뿐이다.

그 길을 따라 바람이 분다. 바람에 먼지가 자욱하게 일어난다. 그것은 마치 지상에서 하늘로 올라가는 초원의 영혼 같다. 살아 움직이는 흙먼지가 지고 나자 잠시 정적이 흐른다. 그때 정적을 깨며 오토바이가 한 대 달려간다. 그러자 이번에는 작은 먼지가 일어난다. 그리고 또 정적!

어둑해지는 날씨처럼 마음이 낮게 가라앉는다. 언덕을 내려간 차가 길을 버리고 초원으로 들어선다. 길이 없어도 목적지를 찾는 아무라의 능력에 감탄을 하는 동안 차가 캠프장에 도착한다. 유니트 게르이다. 유니트 게르는 영어식 이름이고 몽골말로는 올트 게르란다. 캠프장이라고 하지만, 그저 넓은 땅에 말뚝을 두르고, 게르 여러 채를 지어 놓았을 뿐이다. 그 가운데에 2층짜리 목조 건물이 하나 있다. 식당 겸 사무실이다.

차에서 내려 짐을 옮기니 이미 어두운 밤중이다. 날씨가 제법 쌀쌀하다. 벽을 따라 침대 세 개가 놓여 있는 작은 게르이다. 가운데에 난로가 놓여 있다. 그러나 최근에 불을 땐 흔적이 없다. 전깃불도 없는지, 난로 위에 양초가 하나 놓여 있다.

하루 종일 흙먼지에 던져졌던 몸을 씻으러 샤워장에 가니, 미지근한 물이 나온다. 그마저 샤워 도중 갑자기 찬물로 바뀌어버리고 만다. 찬물에 씻고 나오니 몸이 오슬오슬하면서도 상쾌하다. 늦둥이 아들 녀석 진형이도 추운지 몸을 옹송그린다.

식당 건물로 가 몽골식 저녁을 먹는다. 고기와 국수, 스프 따위다. 식사 후, 일행과 함께 게르 옆에 모여 술과 이야기로

집 한 채
없을 것 같은
막막한 초원으로 나선
그들은 어디로
가려는 것일까?

밤을 밝힌다. 캄캄한 밤중, 불빛 하나 없는 하늘에 말똥말똥 별이 떠오른다.

아무라와 뒷 차 기사인 헛스그도 함께 술을 마신다. 아무라는 러시아에서 대학을 다녔고, 딸은 러시아에서, 아들은 중국 북경에서 유학을 하고 있다고 한다. 한국어도 금방 따라할 줄 알고, 중국어도 몇 마디 할 줄 안다. 나와 이야기를 나눌 때는 영어와 중국어를 섞어 하는데, 서로 서툰 언어들이라 오히려 말이 잘 통한다. 먹성 또한 좋아, 접시 그득히 담긴 고기를 한 점도 남기지 않고 다 먹어치우기도 하는 배불뚝이다.

몽골 사람들은 대체적으로 배가 많이 나왔다. 어린 소녀 조차 배가 불룩 나온 경우도 많다. 야채보다는 고기를 주로 먹을 수밖에 없는 식습관이 그들을 뚱뚱이로 만들었을 것이다. 더구나 겨울이면 혹한 | 울란바토르는 영하 40도로 내려가는 경우도 많다고 한다 | 을 견뎌야 하니, 몸에 지방을 축적하고 있는 것이 덜 춥게 살 수 있는 생존의 조건이기도 할 것이다. 환경이 인간의 몸을 만든다는 것을, 아무라는 온몸으로 보여 주고 있는 셈이다.

며칠 전에는 차를 몰고 바이칼에서 울란바토르까지 하루 만에 왔다고 한다. 그러고는 바로 흡스골에 갔다가 다시 울란 바토르에 와서 아내의 카페 개업 준비를 함께 하고, 이번에 또 흡스골로 나선 길이란다. 길에서 길로 이어진 삶이 그의 말에 고스란히 녹아 있는 것 같다. 수천 km를 며칠 간격으로 달리는 그에게 삶은 어쩌면 길 자체인지도 모른다는 생각이 든다.

길 위에서의 그의 삶을 들으며, 나는 나 또한 숱한 길 위에 있었음을 깨닫는다. 내가 다녔던 실크로드와 운남의 길 | 중국 남서부 운남성을 지나는 옛 교역로. 차와 말을 교역하여 차마고도라고도 함 | 뿐만 아니라, 태어나서 살아온 내내 생이라는 길 위에 있었으니까. 우리네 삶이란 인생이라는 길을 걸어가는 것이고, 그 여행길에서 시작해 그 길 위에서 끝나는 것이리라. 그런 점에서 '이 세상은 모든 사물의 주막집이고, 세월은 아득한 날들을 흘러가는 나그네 같은 것'이라는 이백의 시구절 | 〈봄 밤, 꽃 핀 정원에서 잔치하다 春夜宴桃李園序〉 | 이 오늘 밤은 더욱 절절하다.

"한국 사람을 태운 적이 있나요?"

내 물음에 그는 싱긋 웃으며 고개를 끄덕인다.

"한국 사람을 안내한 적이 두 번 있어요. 모두 좋은 사람들이었지요."

"한국 사람에 대해 어떻게 생각하나요?"

내 거듭된 질문에 그는 막힘 없이 대답한다.

"좋은 사람도 있고, 나쁜 사람도 있지요. 그건 세상 어느 나라 사람이나 마찬가지 아니겠어요? 내가 안내했던 한국 사람들은 다 좋은 사람들이었어요"

그렇게 말하면서 한국 사람에 대한 보다 솔직한 생각을 털어놓는다. 한국 사람들이 몽골에서 술집을 하며 성매매를 하는 경우도 있단다. 그런 사람들은 좋지 않은 한국 사람이라며,

어두워지는 하늘 위로
달이 떴다.
저 달이 지고 나자
송알송알 별들이
맺히기 시작했다.

흘러 흘러서 물은
어디로 가나?
| 김남주 시구절 |
초원 위의 물이
흘러가는 곳
어디?

한국은 잘 사는 나라니까 몽골의 발전을 위해 힘을 써주면 좋
겠다는 희망을 털어놓는다.

　몽골은 인구는 적지만 다량의 지하자원을 가지고 있는 나
라다. 일찍부터 그런 몽골의 가능성에 눈을 뜬 나라들이 속
속 몽골로 모여들고 있다고 한다. 중국은 몽골의 곳곳에 도
로를 닦아주고, 산업을 발전시키고 있고, 일본은 훨씬 일찍
부터 몽골의 여러 사업에 참여하고 있는데, 한국은 아직도 서
비스업에만 매달리고 있는 현실이 아무라가 보기에는 안타까
웠나 보다.

　이런저런 이야기를 나누다가 하늘을 쳐다보니, 북두칠성
이 눈부시게 떠 있다. 몽골에서는 북두칠성이 일곱 명의 신을
상징한다고 한다. 우리나라에서도 북두칠성을 칠성신으로 떠

받들었으니, 몽골과 같은 토속 신앙을 갖고 있는 셈이다. 고구려의 무덤에는 이 별들을 그려 넣었고, 시신을 눕혀놓는 나무판도 칠성판이었다. 절에는 칠성각을 지어 놓았고, 할머니들은 정화수를 떠 놓고 칠성신에게 빌곤 했다. 비를 내리게 하고, 건강을 주며, 재물을 관장하는 것도 다 칠성신의 역할이었다. 밤하늘에 유난히 빛나는 일곱 별들은 아득한 과거에도 그랬고, 현재에도 미지의 신성한 대상임에 틀림없다.

한동안 북두칠성을 바라보다 게르로 들어와 잠을 청한다. 한밤중이었을까, 뭔가가 게르의 천장을 마구 두드린다. 하루 종일 차에 시달린 탓인지, 그 소리가 마치 꿈결처럼 아득하다. 멍하니 눈을 뜨고 캄캄한 게르의 천장을 바라본다. 갑자기 번쩍이는 불빛이 어둠을 헤치고 스치더니, 잠시 후 쿠르릉 쾅 하는 소리가 들린다. 번개와 천둥이 치고, 비가 내리는 것이다.

그 초롱초롱하던 밤하늘의 별들은 다 어디로 가버린 것일까? 빗방울 하나 내릴 것 같지 않게 맑던 하늘이었는데 어느 틈에 먹구름이 몰려들어 이렇게 비가 쏟아지는 것일까? 몇 시쯤 되었을까? 전생의 어떤 인연으로 이렇게 아득하고 아득한 몽골의 초원에 와서 이 밤을 보내고 있는 것일까? 온갖 생각의 거미줄로 머릿속을 칭칭 동여매다 다시 잠이 든다. 그리고 그 밤, 나는 몽골 초원에 뜬 하나의 별이 되어 캄캄한 어둠 속에 홀로 빛나는 꿈을 꾸었다.

4.
—

산비탈에
바람이 분다.
야생화들이 흔들린다.

천상의 꽃밭이
거기 있었네

꽃 곁에서
잠들다

|

날씨가 제법 싸늘하다. 게르의 문을 열며 하늘을 보니, 비는 내리지 않지만 흐릿하다. 새벽 6시다. 첩첩의 구름 사이로 잠시 달이 얼굴을 빼꼼이 내밀더니 이내 사라진다.

이웃 게르에서 아무라가 나오며 기지개를 켠다. 팬티에 런닝 차림이다. 나는 점퍼를 걸쳤어도 한기가 느껴지는데, 그는 거의 벗은 차림이면서도 시원하다는 표정이다. 몽골 사람들에게 이 정도는 그냥 시원한 날씨인가보다.

내가 잠을 잤던 게르 주위를 보니, 온통 솜다리 | 에델바이스 | 천지다. 사이사이 구절초도 곱다. 그 꽃들을 보니, 어젯밤 내가 초원의 꽃밭에서 잠들었다는 생각이 들어 괜히 기분이 좋아진다.

아침을 간단히 먹고, 7시 30분 경 다시 출발한다. 잠시 햇살이 비치다가도 금방 먹구름이 하늘을 뒤덮고, 거센 바람이 불며 빗방울이 든다. 돌아보니 내가 하룻밤 잔 게르가 아득하게 멀어진다. 나는 멀어지는 게르 촌을 바라보며, 다시 한 번 생은 세상이라는 여행길에서 하룻밤 묵어가는 주막집 같은 것이라는 말을 되새긴다. 내가 잠들었던 초원의 저 게르처럼 내 생의 나머지 나날들도 그렇게 어느 낯선 곳에서의 하룻밤일지도 모른다. 그런 생각으로 바라보는 초원은 낮고 흐리다.

바람이 점점 거세진다. 빗방울도 제법 굵어진다. 차는 비바람 속을 뚫고 비틀거리며 달린다. 초원의 풀들이 바람에 힘겹게 버티다 몸을 눕힌다. 야생화들도 쉴 새 없이 제 몸을 흔들고 있다. 안간힘으로 살아가는 초원의 생명들이 눈물겹다.

비가 내리자 초원 군데군데 물길이 생겨난다. 순식간이다. 조금만 비가 내리면 길이 끊긴다는 말이 실감난다. 평지에 갑자기 물이 흐르니, 그 깊이를 짐작할 길 없고, 그 물들이 모여, 말랐던 개울에 거센 물이 흐르니, 건너기 위해서는 경험에 비추어 얕은 곳을 찾아야 할 것이다.

점점 거세지는 빗방울을 뚫고 차가 달려가는데, 양 떼가 나타난다. 일렬종대로 늘어선 양들 앞에 말을 탄 남자가 빗줄기를 헤치며 힘겹게 앞으로 나가고 있다. 양 떼의 제일 뒤에 또 다른 남자가 말을 타고 양 떼를 몰고 있다. 그런데 양 떼는 빗방울이 싫은지, 걷기 힘겨운 몸짓이다. 앞에서는 끌고, 뒤에서는 밀고, 빗줄기 속에서 숙영지를 찾아가는 유목민의 삶이 눈물겹다. 그 풍경이 흐린 날씨만큼이나 아득하게 느껴지는 것은, 이곳이 내 생에서 좀체 만나지 못한 아득한 초원이기 때문이리라. 산이 만들어내는 경계 없이 확 트인 벌판에 금방이라도 머리를 짓누를 것 같은 먹구름이 낀 저 막막한 풍경이라니!

언덕을 하나 넘자, 빗줄기가 뜸해진다. 달려온 길을 돌아보니, 그곳 하늘에 비구름이 가득하다. 평원에서는 눈에 보이는 저편에는 비가 오고, 내가 서 있는 이곳에는 날씨가 맑은 경우가 흔하다. 비구름의 가장자리에서는 길을 경계로 양쪽 날씨가 다른 경우도 있다.

날씨는 구릉을 하나 넘을 때마다 달라진다. 햇살이 쨍쨍하다가도 조금 달리다 보면 이내 빗줄기 속에 놓여 있다. 영원히 그치지 않을 것처럼 비가 퍼붓다가도 언제 그랬나 싶게 햇살이 환해지기도 한다. 김시습의 시 〈사청사우 | 乍晴乍雨 |〉가 따로 없다.

잠깐 개다 비오고, 비 오다 다시 개네 | 乍晴乍雨雨還晴 |
하늘도 이런데 사람이야 더 하겠지 | 天道猶然況世情 |
나를 기리다 도리어 나를 헐뜯고 | 譽我便是還毁我 |
명예는 필요 없다더니 제 스스로 명예를 찾네 | 逃名却自爲求名 |
꽃 피고 꽃 지는 걸 봄이 어쩌겠나 | 花開花謝春何管 |
구름이 오고 간다고 산은 다투지 않네 | 雲去雲來山不爭 |
세상 사람들아 이 말 한마디 기억하게 | 寄語世人須記認 |
기쁨도 평생 가는 법 없다는 것을 | 取歡無處得平生 |

자연을 보면서도 인간사의 아픔을 곱씹어야 했던 김시습의 시를 생각하니, 몽골 초원의 변화무쌍한 날씨가 더 아득하게 느껴진다. 그런 내 마음이야 아랑곳 않고, 아무라는 팝송을 크게 틀어놓고 운전을 한다. 여행자인 내게는 특별한 이 길이 그에게는 일상의 한 굽이에 지나지 않으리라.

흐린 하늘 아래
초원도 낮게
가라앉는다

초원을 달려온
오토바이에서
허브 향이 난다.
그 길에서 만나면
누구나 친구다.

몽골의 샘터,
하노이

|

　작은 구릉을 넘는다. 구릉 가득 솔채꽃이다. 몽골의 초원
은 전체가 야생화 초원이라고 해도 지나친 말이 아니다. 아무
곳에나 내려도 꽃밭이다. 눈앞의 꽃이 고와 마음을 뺏기다가
문득 고개를 숙이면, 발밑에도 야생화다. 너무 흔하면 금방 시
들해지기 마련이지만, 꽃은 거기에서 예외인 것 같다. 보아도
보아도 싫증나지 않으니, 가다가 자꾸 차를 세워 꽃구경에 나
서게 되는 것이 몽골 초원 여행이다.

　몇 개의 구릉을 넘어서자 발 아래로 깊게 팬 골짜기가 나타
난다. 골짜기 아래로는 제법 큰 강물이 흐른다.

"여기가 하노이 아르샤입니다. 몽골에서 아주 유명한 휴양지이지요."

아무라가 강물 건너편에 옹기종기 모여 있는 텐트들을 가리키며 설명한다. 몽골 사람들은 이곳에서 물을 마시고 쉬기 위해 울란바토르에서 차나 오토바이를 타고 온다고 한다. 그먼 거리를 단지 물을 마시기 위해 달려온다는 것이 이해가 되지 않는다. 내가 물이 흔한 땅에서 왔기 때문일 것이다.

"보통 한 2주 정도 이곳에서 머물며 물을 마시고 울란바토르로 돌아갑니다."

하노이의 물은 매우 깨끗해서 특히 몸의 병을 낫게 하는 데 효과가 있다고 한다. 그래서 많은 몽골 사람들이 이곳에 모여들어 쉰다.

어느 나라나 물은 신성의 상징이다. 물은 모든 생명체의 목숨을 유지시키는 물질이며, 맑고 순수함의 극치다. 그래서 물 한 그릇을 떠놓고 기도하기도 하고, 신비의 약수로 이름난 곳에는 사람들이 구름처럼 모여들기도 한다. 더구나 몽골처럼 물이 귀한 나라에서는 그냥 마실 수 있는 물이란 얼마나 소중한 것일까?

칭기스칸은 물을 함부로 버리는 것을 중대한 범죄로까지 취급했다는 기록이 있을 정도다. 대개 몽골 사람들은 잘 씻지 않는다고 한다. 그들이 물 한 그릇으로 세수도 하고 머리도 감는다며 얼굴을 찡그리는 사람도 있다.

하노이 강가에
나무 한 그루
서 있네.
초원의 세월 다
견디어내고서.

인형을 들고
구릉 너머로
사라지는 아이.
아이가 자라
어른이 되어도
초원이 여전히
빛나기를……

　　몽골 사람들이 잘 씻지 않는 것은 몽골의 자연 환경과 밀
접한 관련이 있다. 몽골은 물이 귀한 땅이다. 곳곳에 큰 호수
가 많이 있지만, 광대한 땅에 비해 그 물은 오직 일부에 집중
되어 있을 뿐이다. 남부의 고비 사막은 물을 찾기 위해 수백
리를 이동해야 하는 경우도 있다.

　　유목 생활을 하는 사람들에게 우물을 파고 물을 길어 쓰는
농경 생활의 잣대를 들이댈 수는 없다. 가축을 위해 초지를 옮
겨 다니면서 물을 긷기 위해 수십 리 마을까지 가야 하는 사람
들이 어떻게 물을 아껴 쓰지 않을 수 있을까? 너무도 풍족하게
물을 써버려, 결국은 물 부족 국가가 되어버린 우리가 더 문제
가 아닐까? 깨끗함이 꼭 아름다운 것만은 아니리라. 검게 그
을린 몽골 유목민의 얼굴에는 초원의 바람과 햇살과 풀 향기가

하노이 하늘 위로
독수리가 난다.
물을 먹으러 며칠을
달려온 사람들이
쳐놓은 텐트.

어려 있다. 그래서 하얀 이를 보이며 웃는 몽골 초원의 사람들
은 우리네만큼 자주 씻지 않아도 충분히 아름다워 보인다.

그런 생각을 하며 바라보는 하노이 아르샤의 하늘이 아득
하다. 그 하늘 위로 새 몇 마리가 허공을 휘돌고 있다. 독수
리다.

세상에서 가장
고운 꽃밭
|

차가 한참 동안 언덕을 돌아 내려가더니, 하노이 강을 건
넌다. 베트남의 하노이는 한자로 쓰면 '하내 | 河內 | '이다. 중
국 운남성을 거쳐 흐르는 홍하 | 紅河 | 가 흘러 내려간 곳이라

그런 이름이 붙은 것이다. 홍하가 빠져나가는 중국 땅 끝자락
이름이 '허코우 | 河口 | '다. 강의 입에서 강의 안쪽까지, 강물
과 관련해서 이름이 붙여진 것이다. 그렇다면 몽골의 하노이
는 무슨 뜻일까? 몽골어로 하노이는 '한'에서 파생된 말이라고
한다. 한은 '크다'라는 뜻이다. 아르샤는 맑은 물이라는 뜻이
다. 즉 '하노이 아르샤'는 '맑은 물'이 흐르는 곳인 셈이다. 역시
몽골에서 가장 귀한 것은 물인가 보다.

　　그런 생각에 빠져 있는 사이, 차가 하노이 강의 다리를 건
넌다. 오토바이와 자동차를 타고 온 사람들이 물가에서 망중
한을 즐기고 있다. 돌이 제법 많은 지대다. 돌이 많아서 강물
이 땅속으로 스며들지 않고 흐르는 것일까? 검은 빛깔이 짙은
돌길을 지나 하노이를 벗어나자 다시 초원이다.

보아도 보아도 싫지 않은 초원길을 얼마나 달렸을까? 긴 산줄기가 나타나고, 산발치께 꽤 큰 호수가 몸을 드러낸다.

"저 산 이름이 뭐죠?"

내가 묻자 아무라가 차를 호수 가까이에 대면서 대답한다.

"셔러그 산맥이지요."

"그럼 저 호수는?"

그러자 아무라가 잠시 망설이더니 씩 웃는다.

"호수지요."

무슨 호수냐고 물으니, 그냥 호수란다. 이름을 모르는 것인지, 아니면 원래 이름이 없는 호수인지 알 수가 없다.

"저런 호수는 몽골에 아주 많답니다."

이름을 알려주지 못한 게 멋쩍은지, 아무라가 묻지도 않았는데 설명을 덧붙인다. 이름은 몰라도 호수는 맑고 깨끗하다. 새 몇 마리가 호수 위 하늘을 날고 있다. 정적, 그리고 평안함이 호수에 고스란히 담겨 있다. 우리는 모두 호숫가에 내려 휴식을 취한다. 물수제비를 뜨며 제 마음을 호수에 던져보기도 한다.

다시 길을 떠난다. 역시 반복되는 풍경이 눈앞에 펼쳐진다. 그런데 어느 순간인가부터, 풍경들이 조금씩 모습을 바꾸기 시작한다. 산이라고 하기에는 좀 밋밋하지만, 제법 긴 구릉이 이어지고, 군데군데 나무들도 보인다. 차는 비탈진 구릉의 허리쯤을 기울어질 듯 비스듬히 달리고 있다.

길은 아득하고
아득하다. 그 길을
걸어야 하는 것이
삶이다.

아무라는 비포장길에서도 결코 속도를 늦추는 법이 없다. 처음 울란바토르를 떠나 에르데네트까지 가는 길이 포장길이고 | 그마저도 군데군데 비포장인데다 포장길이라 하더라도 문제가 있으면 그냥 초원으로 빠져버리니, 포장길이라고 온전히 포장된 길을 달려온 것은 아니다 |, 그 이후부터는 줄곧 비포장이다. 그런데도 아무라는 포장길보다 더 빨리 달리기까지 한다. 길이 평평하지 않아 핸들이 흔들릴 수밖에 없는데, 아무라는 마치 자동차 경주하듯 핸들을 쉴새 없이 좌우로 흔들어 균형을 잡으며 달린다. 나는 불안하기 그지없는데, 늦둥이 진형이 녀석은 그런 아무라를 흉내 내며 신이 났다. 비탈진 길에서도 여전히 속도를 늦추지 않고 달리니, 몸이 기우뚱해진다.

왼편을 보니, 제법 울창한 숲이 길을 따라 이어져 있다. 평지만 보다가 숲을 보니 가슴이 좀 트이는 것 같다. 초원을 보고 가슴이 트여야 하는 것이 정상이지만, 숲을 보자 가슴이 트이는 것은, 내가 산지에서 온 사람이기 때문일 것이다. 눈 닿는 곳 끝까지 그저 평평한 땅은 경계조차 보이지 않는다. 고개만 들면 산이 보이는 곳에서 살아온 우리나라 사람들에게 막힌 곳 없는 사막이나 초원은 얼마나 아득한 것인가!

그런 생각을 하며 오른편을 보니, 세상에, 구릉 끝까지 아득하게 꽃밭이다. 어제부터 질리도록 본 것이 야생화들이지만, 이곳의 야생화들은 지금까지 본 것들과 사뭇 다르다. 대개는 한두 종류의 야생화들이 피어 있기 마련인데, 이 들판의 야

천상의 정원에
핀 꽃들.
꽃은 기억이고,
꿈이다.

생화는 온갖 종류들이 다투어 피어 있다. 차창 너머로 보기에도 눈이 화려하다. 그냥 지나치기에는 너무 아쉬운 풍경이라 아무라에게 부탁해 차를 세운다.

차에서 내려서 보는 야생화들은 더 아름답다. 꽃의 빛깔이 여러 종류인 것에 새삼 감탄하게 된다. 노랗고, 파랗고, 희고, 붉고…… 그냥 그렇게 말하기에는 부족한 또 다른 온갖 색색의 꽃들이 눈부시게 파란 하늘을 배경으로 피어 있다. 내리쬐는 햇살조차 느긋하고 푸지다.

모두들 꽃들이 펼쳐놓은 풍경에 넋을 빼앗긴다. 이곳에는 짐승의 똥도 없고, 파리나 모기도 없다. 온전히 꽃으로 그들먹한 '꽃 세상'이다.

"여기야말로 천상의 정원이구나."

내 말에 늦둥이 진형이 녀석이 "천상의 정원! 천상의 정원!" 하고 중얼거린다. 어린 녀석에게도 그 꽃밭은 인간의 것처럼 느껴지지 않나 보다.

자세히 보니 꽃의 종류도 다양하다. 해란초, 솔채, 쑥부쟁이, 절굿대, 솜다리…… 꽃들은 서로의 자리를 탐하지 않고 피어 있다. 이름을 알 수 없는 꽃들도 수를 셀 수조차 없이 많다. 어우러져 피어 하나의 아름다운 세상을 만드는 꽃들의 마음이 내게도 전해지는 것 같다. 사진을 찍고, 꽃을 들춰 보느라 시간 가는 줄 모른다. 이런 풍경 하나 보는 것만으로도 몽골 초원 여행은 충분히 아름답다. 평생 살아오면서 본 꽃들보다 더

고산지대에 사는 야크, 히말라야의 야크보다 몽골의 야크는 행복해 보인다. 풍성한 풀숲에서 자라기 때문이리라.

많은 꽃들을 이 한 순간에 만나는 것 같다. 마음 가득 차오르는 이것은 아마도 행복이리라.

　내게 꽃은 그리움이고 꿈이다. 어린 시절, 산뽕을 따러 가신 어머니를 기다리며 하루 종일 마루 끝에 앉아 있다가, 돌아오신 어머니가 뽕짐에서 꺼내주신 개불알꽃이나 함박꽃을 구경하던 것을 떠올리게 하는 그리움이다.

　한동안 시를 쓰지 못했던 마음의 족쇄에서 벗어나 마침내 다시 시를 쓰게 해준 것도 꽃이었다. 그것은 상처를 딛고 일어서게 한 '시의 꿈'이었다. 그래서 꽃은 내게 그리움이고 꿈인 것이다.

햇살 참 맑다, 오월 끝자락

창을 열자, 잎 돋은 나무들 어깨로

물 오르는 빛이 보인다

햇살은 나무 몸뚱이에도

팔과 손바닥에도 자락자락 내려앉는다

산뽕 따러 가신 울 엄마

기다리던 네 댓살 그 시절로 돌아가

마루 끝에 앉은 내게

아슴아슴 달려오는 그날의 햇살

숨차게 돌아오신 어머니의

뽕짐에서 피어나던,

어찔어찔한

함박꽃 향기

그 날 내 마음에 차오르던

오월, 참 맑은 저

햇살

- 졸시 〈함박꽃〉

몽골 초원의 꽃은 내게 무엇으로 남을 것인가? 50여 년, 생의 길을 디디고 건너온 내 삶의 자취일까? 아니면 이루지 못한 꿈에 대한 아쉬움일까? 사물에 자신의 느낌이나 생각을 자꾸 넣어보려는 것이 글 쓰는 이들의 한계라는 것을 알면서도 나는 자꾸 초원의 꽃에 의미를 부여하려고 한다.

꽃은 그냥 꽃이다. 아름다움은 그 순간 내 마음에 일어나는 느낌이지, 논리가 아니다. 그런데도 꽃을 온전히 꽃으로만 보지 못하는 내 자신이, 초원의 꽃 앞에서 부끄러워진다.

오늘 중으로 가야할 길이 있기 때문에 떨어지지 않는 발길을 억지로 뗀다. 목적지가 있다는 것은 얼마나 아쉬운 일인가! 그냥 이대로 이 꽃밭에서 하룻밤 꽃이 되어 잠들고 싶은 마음을 지워야 하니 말이다.

바람이 몇 줄기 불어온다. 바람에서 초원의 온갖 꽃향내가 풍겨온다. 온몸에 꽃향기가 배어드는 것 같다. 차는 천천히 꽃밭을 벗어난다. '천상의 화원'은 마치 일순의 백일몽처럼 차창 저편으로 사라져버린다. 나는 고개를 돌려, 점점 멀어지는 초원의 꽃밭을 마음에 새겨 넣는다. 그것은 마치 잡았다가 금방 놓쳐버린 그리움의 한 자락 같은 것이었을까?

TIP } 칭기스칸의 몽골

몽골의 대표적 인물은 당연히 칭기스칸이다. 흩어져 있던 몽골 민족을 하나로 통일한 민족 영웅이자 세계에서 가장 넓은 땅을 지배했던 정복자였던 칭기스칸은 몽골 동부 지역인 지금의 헨티 아이막에서 1162년에 태어났다고 알려져 있다. 그러나 그의 탄생지도, 죽은 뒤의 무덤도 정확하게 밝혀져 있지 않다.

본명은 테무친이다. 아버지인 예수게이 바아타르가 바타르족의 테무친을 정벌하고 돌아온 뒤 태어나서 그런 이름을 붙였다고 한다. 칭기스칸이라는 호칭은 통일 몽골의 첫 황제가 되면서 붙여졌다. 그가 즉위했을 때 오색 빛깔의 새가 칭기스 칭기스 하고 울어 그런 이름이 붙었다는 전설이 전해지기도 한다. 칭기스칸의 '칸'은 우두머리, 왕을 뜻하는 말이다. 우리나라 임금 칭호 중 마립간, 거서간의 '간'이 이 '칸'과 연관돼 있다는 주장도 있다.

칭기스칸의 아버지 예수게이가 타타르족에게 독살당한 후 그는 케레이트족에 들어가 성장하면서 기반을 다진다. 그 후 타타르족과 케레이트족을 정복하여 마침내 통일 몽골의 황제가 된다. 통일 후 그는 행정 체계를 개편하고, 유목민 군대를 훈련시켜 중국과 중앙아시아를 정복함으로써 세계에서 가장 넓은 땅을 정복한 군주가 된다. 그의 이러한 업적은 몽골의 환경과 조건을 기반으로 한 사회 · 군사 조직을 운영했기 때문이었다.

그는 정복지에 대해 이중 정책을 썼다. 자신에게 협력하는 곳에 대해서는 자치권을 충분히 인정해주었지만, 대항하는 지역은 잔인할 정도로 강력한 무력을 행사했다.

그는 능력 중심으로 군을 재편했고, 다른 민족도 수용할 줄 아는 열린 자세를 지닌 군주였다. 그가 세계를 지배할 수 있었던 것은 몽골 민족의 특기인 말 타기에 군사 훈련을 통해 단련시킨 기동성을 결합했기 때문이었다.

보급부대가 필요없는 징기스칸의 군대는 특히 기동성에서 다른 어느 나라 군사도 따라올 수 없는 능력을 지니고 있었다. 양 1마리를 말려 만든 비상식량인 보르츠는 두세 숟가락 정도를 물에 불려 먹으면 식량을 대신하기에 충분했다고 한다. 이러한 조건과 기동성을 바탕으로 상상할 수 없을 정도로 빠른 시간에 진격해 적을 공격하는 그의 전술에 대해 적들은 듣기만 해도 간담이 서늘해졌다고 한다.

1204년 몽골 통일을 시작으로 그는 서하, 금나라, 만주 등을 정복하고, 1219년에는 중앙아시아 대부분의 지역을 손에 넣은 뒤, 남러시아까지 정복하는 등 세계 최대의 영토를 지닌 황제였다. 1227년 8월 18일 병으로 세상을 뜬 징기스칸은 어디에 묻혔는지 지금도 밝혀지지 않고 있다.

칭기스칸은 과거 몽골의 주요 인물이고, 현대 몽골의 상징이다. 울란바토르 공항에 내리면 그의 상징물이 가장 먼저 우리를 맞이한다. 몽골의 대표 술인 보드카에도 최고급 제품에는 칭기스칸이라는 이름이 붙어 있다. 몽골에서 칭기스칸이라는 상표의 물건은 곧 최고의 물건이다.

그러나 의외로 몽골에서는 칭기스칸의 유적을 만나기 힘들다. 작은 게르에 살았고, 자신과 관련된 어떤 유물과 유적도 남기지 않았기 때문이다. 이는 그의 검소한 삶에서 비롯된 것이라기보다는 광대무변한 몽골의 자연 속에서 눈에 보이는 유물이나 유적은 특별한 의미를 지닐 수 없기 때문인지도 모른다. 모든 것은 바람이 되어 사라지고, 모래가 되어 부서질 뿐, 인간이 만든 어느 것도 영구불변일 수 없다는 몽골인들의 인식이 유적이나 유물조차 없는 칭기스칸을 만든 것이다. 몽골에서 칭기스칸은 가시적인 유적으로 존재하지 않는다. 그는 몽골인의 입에서 입으로 이어진다. 몽골에서 칭기스칸은 불멸의 신화다.

2부

홉스골에서
시간이 정지된
휴식을 맛보다

아무 방해도 받지 않고, 이물에 서서 바람을 쐬다가 심심하면 고물까지 천천히 옮겨 다니며 호수와 산과 시베리아 낙엽송들을 바라본다. 호숫가 산허리에 안개가 띠처럼 드리워져 있다. 가슴속이 다 트이는 듯, 시원하다. 바라보기만 해도 넉넉하고 싱그럽다. 물살도 잔잔하다. 호숫가에는 드문 드문 게르가 자리 잡고 있고, 더러는 목조 주택도 보인다. 평화로운 풍경에 마음을 빼앗겨 시간 가는 줄도 몰랐는데, 어느새 한 시간이 훌쩍 지나 있다.

1.

흡스골,
어머니의 바다는
꽃 피어
더 곱고

무릉에서 훕스골
가는 길,
날이 개자
반짝 해가 났다.
그림 같은 풍경이
나타났다.

|

해발 1,515미터, 무릉에 가까워지자 야크 떼가 초원에서 풀을 뜯고 있다. 야크는 고산지대에 사는 소의 일종이다. 고산지대에서 겨울을 보내려니 자연히 온몸에 털이 북실북실하다. 마치 인디언 옷처럼 털을 매달고 있는 것 같다. 내가 야크를 처음 본 것은 중국 운남성 리지앙의 옥룡설산에서였다. 백수하│白水河│근처에서 관광객을 태우고 느릿느릿 물을 건너던 야크는 이미 자연의 동물이 아니었다. 인간에게 길들여진 채 인간의 욕망을 위해 어쩔 수 없이 고된 생을 살아야 하는 야크의 모습을 보니 씁쓸했다.

그런데 몽골 초원의 야크는 전혀 다른 느낌이다. 푸른 초원에서 마음껏 풀을 뜯는 그들은 자유로워 보인다. 이 야크들도 물론 인간의 손에 길러지는 것일 테지만, 구속되어 있다는 느낌이 전혀 들지 않는다. 땅에 닿을 듯 길게 늘어진 털에 똥이 덕지덕지 붙어 있어도 평안해 보인다. 인간을 태우는 것이 아니라, 젖을 내어 인간을 먹이기 위한 것에 목적을 두고 있어서 그런 것일까? 아니면 그들이 초원에 살고 있어서 그런 것일까?

창을 만드는 사람은 어떻게 하면 자신이 만드는 창으로 상대의 목숨을 해칠 수 있을까를 생각하지만, 방패를 만드는 사

야크 떼. 초원의
야크는 유목민의
생명줄이기도
하다

람은 어떻게 하면 자신이 만든 방패가 사람의 목숨을 잘 구할 수 있을까를 생각한다는 이야기가 있다. 몽골의 야크는 인간을 위하고 그들과 더불어 살아가려는 방패 만드는 이의 마음가짐을 보여주는 것이 아닐까 하는 뜬금없는 생각이 든다. 이는 아마 푸른 초원과 어우러진 야크 떼가 눈부셔서일 것이다.

얼마나 달렸을까, 작은 마을이 나타난다. 주로 목조 주택들로 초원과 어울리지 않게 무채색에 가깝다. 목책을 둘러 울타리를 만들었다. 마을길은 먼지가 풀썩인다. 아르샨 마을이란다. 점심시간이 이미 늦었지만, 마땅한 식당조차 없다. 그저 마을을 한 바퀴 휙 둘러보고 다시 떠난다. 내 평생 다시는 와 볼 수 없을 것 같은 작은 마을이 흙먼지 속에 지워진다.

실개울을 몇 개 지나고, 제법 높은 산길을 넘어선다. 점점 산이 나타나기 시작하는 것이 흡스골 아이막이 가까워졌다는 증거이리라. 산 정상을 넘어서 내려가다가 갑자기 차를 세운 아무라가 숲 속으로 들어간다. 소변이라도 보려는 모양이다 하고 있는데, 그는 한참을 엎드려 풀섶을 뒤지더니 손에 가득 뭔가 담아가지고 온다. 작고 붉은 산딸기다. 열매만 따 온 것이 아니라 딸기가 달린 줄기까지 꺾어 왔는데, 우리나라 산딸기하고는 달리 나무가 아니라 풀에 가깝다. 맛을 보니 달기보다는 시다.

"아주 맛있어요. 좋은 겁니다. 여기서 산딸기 냄새가 나더라고요."

아무라가 익살맞은 표정을 짓는다. 자기가 산딸기 냄새 맡는 데는 귀신이라며 어깨를 으쓱거린다.

차는 다시 산비탈을 내려와 벌판을 달린다. 벌판은 끝이 보이지 않는 산비장이 군락지다. 마치 산비장이들이 차를 따라 달려오는 것 같다. 햇살 아래 곱게 피어서 사람 없는 들판을 저희끼리 꽃 세상으로 만드는 꽃들이 곱다. 산비장이 군락지가 끝나자 이번에는 끝없이 부추꽃이 이어진다. 광활한 벌판 가득 흰 부추꽃이다. 저렇게 어우러져 피었다 질 줄 아는 꽃들의 고운 마음씨가 몽골 초원을 아름답게 하는 것이리라.

꽃밭이 끝나자 강이 나타난다. 나무로 만든 다리가 하나 놓여 있는데, 부서져 내려 차가 빠질까봐 조마조마하다. 그러나 차는 능숙하게 다리를 건넌다. 다리 끝에 의자를 놓고 앉아 있

무릉 입구,
어워와 순록
동상이 빗줄기
속에 이방인을
맞는다.

던 한 사내가 3천 투그릭을 받는다. 다리 건너는 비용이란다.
나무가 흔치 않은 곳에 애써 나무다리를 놓았을 사람들의 마
음이 전해져 그 돈이 비싸게 느껴지지 않는다.

　한참을 더 달리자 드디어 무릉 입구다. 자그마한 언덕 위
에 어워가 하나 있고, 옆에 순록 동상이 서 있다. 마침내 순
록의 땅 흡스골 아이막으로 들어선 것이다. 그런데 하늘이 진
한 회색이다. 비가 흩뿌리기 시작한다. 아득한 들판 저쪽은 온
통 잿빛이다. 바람도 거세다. 무릉은 방문자를 안개와 빗방울
로 맞이한다.

　빗줄기를 뚫고 차는 쉴 새 없이 달린다. 비는 점점 거세진
다. 군데군데 물웅덩이가 길을 막고 있다. 그러나 우리의 기사
아무라는 무엇도 자신을 막을 수 없다는 듯, 핸들을 마구 돌리

흡스골 아이막의
주도 무릉.
그러나 한가한
시골 마을 같다.

며 속도를 늦추지 않는다.

한참이 지나서야 마침내 제법 번화한 도시가 나타난다. 흡
스골 아이막의 주도 무릉이다. 무릉은 장대비 속에 흐릿하다.
길가에 물이 개울처럼 흐른다. 차에서 내려 식당으로 들어가
는데, 발이 물에 빠질 정도다.

늦은 점심을 먹고, 다시 길을 나선다. 흡스골은 이제 가까
이 있다. 금방 도착하겠거니 생각하고 있는데, 아무리 달려도
흡스골은 나오지 않는다. 그저 빗줄기만 가늘어지다가 그친
다. 흡스골을 향해 끝없는 길을 계속해서 달린다.

무인지경에서
차가 고장 나다

|

아득한 저쪽에서 먼지를 날리며 차 한 대가 달려온다. 이곳은 비가 오지 않았나 보다 생각하고 있는데, 차는 속도를 늦추지 않는다. 길 한가운데쯤에서 서로 스쳐 지나겠지 하는 나의 지레짐작을 비웃듯, 거리가 가까워지자 그 차는 저쪽으로 한참 떨어져 있는 길로 가버린다. 초원에서는 차가 가는 곳이 바로 길이 되며 정해진 길이 따로 없다는 것을 다시금 느끼게 된다.

한참을 달리던 차가 갑자기 멈춘다. 보닛에서 연기가 풀풀 난다. 아무라가 고개를 갸웃거리며 차에서 내려 보닛을 연다. 어제부터 몇 번 냉각수를 채워 넣더니, 기어이 차가 고장 났나 보다. 곁에서 보니, 냉각수통이 깨져 물이 줄줄 새고 있다. 전에도 몇 번 깨진 적이 있는지, 냉각수통에 때운 자국이 있다. 때운 곳이 다시 깨져 물이 새고 있는 것이다.

뒷 차 기사 헛스그까지 매달려 냉각수통을 닦아내고, 온갖 조치를 취해 보지만 물은 계속 샌다. 인적 하나 없는 평원에서 고장 난 차를 어떻게 고칠 수 있을까? 이제 꼼짝없이 노숙을 하게 생겼구나 하는 걱정이 앞선다. 그런데 드문드문 지나가던 차들이 마치 제 일인 양 다가와 살펴보더니 도움을 준다. 그들이 가져다준 순간접착제로 깨진 곳을 때우고 기다리

태양열 집광판
하나 머리에 얹고
홉스골 가는 길을
지키고 있는 게르.

자, 임시변통이기는 하지만 물이 새지 않는다. 초원에서 살아가는 사람들의 삶의 자세가 고스란히 엿보이는 장면이다. 어려움을 당하면 모르는 사람이라도 반드시 도와줘야 하는 것이 초원의 생존 법칙이리라. 그렇지 않다면 자신이 어려움에 놓였을 때도 도움을 받을 수 없을 테니까.

과거 우리네 삶도 그랬다. 우리들의 아버지 세대까지만 해도 집에 길손이 찾아오면 밥을 해주고, 잠자리까지 제공하는 것이 관례였다. 돌아가신 어머니는 늘 찾아오는 손님들을 대접하는 게 가장 큰일이었다며, 손님이 오면 언제라도 불을 때 따스한 밥을 대접했다고 말씀하시곤 했었다.

지금처럼 교통수단이 발달돼 있지 않을 때였고, 그렇다고 숙박시설이 잘 갖추어져 있던 것도 아니니, 길 떠나면 남의 집 신세를 질 수밖에 없었을 것이다. 남이 우리 집에 들어와 신세를 지는 것처럼 나도 남의 집에서 신세를 지는 것이 당연했으니, 남을 대접하는 것은 곧 자기 자신을 대접하는 것이었으리라.

서로 의지하고 믿는 그 시절로부터 우리는 얼마나 멀어진 것일까! 짧은 시간에 너무 멀리 걸어와버린 것은 아닐까? 우리는 인간관계의 따사로움을 물질적 편리함이라는 것과 맞바꾸어버린 어리석은 짓을 한 건지도 모른다.

세상에서 가장 아름다운
화장실

|

다시 차가 달린다. 사방은 아득한 벌판이다. 초록이 점점 옅어지더니, 마침내 풀조차 없는 사막 같은 분위기의 땅이 나타난다. 마치 타클라마칸 사막이나 고비 사막 같다. 흡스골은 몽골에서도 드문 삼림지대라고 하는데, 나무 한 그루조차 없는 것을 보니 더 아득해진다.

호수가 가까워지는지, 들판 위로 갈매기가 날기도 한다. 차를 피해 달아나는 토끼도 눈에 띈다. 조름이라는 놈이 발을 재게 놀려 달아나는 모습도 자주 보인다. 조름은 땅다람쥐로 초원에 사는 설치류 동물이다. 마치 프레디독이나 미어캣처럼 두 발을 모으고 서서 사방을 살펴보다가 위험해지면 굴속으로 숨는다는데, 차를 피해 꽁지가 빠져라 도망치는 모습도 볼 만하다.

작은 개울들이 몇 개 나타나더니, 구릉 위로 드디어 숲이 얼굴을 내민다. 쭉쭉 뻗은 나무들 꼭대기의 하늘이 흐릿하다. 무릉에서는 비가 쏟아지더니, 그래도 날씨가 괜찮은 편이다. 이제 흡스골에 거의 다 온 것 같다. 무릉에서 약 30km의 거리를 거의 4시간이나 걸려 도착한 것이다. 제법 큰 개울을 건너고 산비탈을 지나 내려가자 흡스골이 눈앞에 펼쳐진다. 드디어 도착이다. 울란바토르에서 달려온 거리를 생각하니, 흡스

우리가 묵은
흡스골의 게르.
시베리아 낙엽송이
향긋한 곳이다.

흡스골의 그림 같은
풍경은 여행자의
마음에 그리움으로
남는다

골이 더 소중하게 느껴진다.

흡스골은 몽골 서북쪽에 있는 호수다. 몽골에서 두 번째로 큰 호수이고, 세계에서는 열네 번째다. 몽골 사람들은 흡스골을 '달라이 에치'라고 부른다. '어머니의 바다'라는 뜻이다. 가장 깊은 곳의 수심 265m, 넓이 2,760km², 너비 136km, 둘레 350km나 되는 어마어마한 호수다. 제주도의 1.5배 정도 되는 큰 호수 주변으로 높은 산들이 우뚝 솟아 있고, 타이가 삼림지대의 침엽수들이 하늘을 찌를 듯 자라나 있다. 호숫물은 어찌나 맑은지 깊은 바닥까지 훤히 들여다보일 정도다.

흡스골에는 약 99개의 물이 흘러들지만, 흡스골에서 나가는 것은 에크인골 강 하나라고 한다. 흡스골에서 바이칼까지 직선거리로 약 400km라니, 흡스골은 러시아에 이어져 있는 호수라고 할 수 있다. 흡스골은 초원과 삼림을 돌고 돌아 약 1,500km를 흘러 바이칼로 스며든다. 흡스골은 바이칼의 근원인 셈이다. 바이칼로 흘러드는 물줄기는 약 336개이고 바이칼에서 흘러나가는 물은 앙가라 강 한 줄기다. 그러니 여러 면에서 흡스골은 바이칼과 비슷한 점이 많다고 할 수 있다. 흡스골 근처에 사는 몽골의 한 부족은 아이가 태어나면 가장 먼저 호수의 물을 한 숟가락 떠먹이는 풍습이 있다고 한다. 그만큼 흡스골은 몽골인들의 정신의 뿌리이며, 신앙이라고 할 만하다.

멀리서 보기에도 호수는 맑고 투명하다. 우리가 묵을 게르촌은 달라이 캠프다. 호수를 배경으로 부드러운 언덕에 시베

리아 낙엽송 숲이 있고, 그 사이사이 게르가 그림처럼 자리 잡
고 있는 곳이다. 게르 사이사이 온갖 야생화들이 피어 있다.
구릉으로 쉴 새 없이 불어오는 바람에 야생화들의 몸은 가늘
게 떨린다. 호수의 물소리와 햇볕과 바람을 자양분 삼아 짧은
한여름 저렇게 곱디고운 꽃을 피워낸다.

　샤워장과 붙어 있는 화장실에 들렀다가 나는 한동안 나올
줄을 모른다. 변기 뒤로 작은 창문이 하나 있는데, 그 창문 너
머로 호수가 맑게 빛나고 있다. 창문 오른편으로 나무 한 그
루가 그림처럼 서 있다. 따로 풍경 액자를 걸어놓지 않아도
되는 화장실이다. 세상에서 가장 아름다운 배경을 지닌 화장
실이다.

　밤이 깊어지자 제법 쌀쌀하다. 긴 점퍼를 입어도 몸이 으

스스 떨린다. 게르 한가운데 난로에 장작을 넣고 불을 피운다. 나무가 귀한 몽골이지만, 이곳 흡스골은 나무가 비교적 많은 편이라 장작이 넉넉하게 준비되어 있다.

한밤중 게르 밖으로 나가 본다. 구름이 껴서 하늘이 낮게 보인다. 드문드문 별이 떠 있다. 호수에 일렁이는 물살이 흐릿하다. 나는 한동안 시베리아 낙엽송에 기대서서 한밤의 호수를 바라본다. 울란바토르에서부터 이틀에 걸쳐 달려온 길이 아득하게 되살아난다. 그 길이 꿈결처럼 느껴진다. 내가 달려온 것이 아니고, 어느 한 시간이 나를 끌고 한참 돌아다니다 이곳 흡스골에 던져놓은 것 같다는 느낌이 든다. 밤의 흡스골은 고요하고, 내가 기대 선 낙엽송은 호수의 정기를 받아 숨 쉬고 있다.

세상의 모든 것들은, 그것이 생물이든 무생물이든, 영혼을 갖고 있지 않을까? 호수의 저 물살은 호수가 제 영혼을 한껏 세상을 향해 내뿜는 것이리라. 호수를 배경으로 주저앉아 있는 저 흑백의 산 능선에도 신령이 깃들어 있으리라. 그런 생각을 하자 내 마음 깊은 곳에 어떤 기운이 가득 차 솟아나는 것 같다.

밤! 그리고 흡스골! 더 이상은 어떤 말도, 생각도 들어설 틈이 없는 풍경 속에 한참 서 있다가 게르로 들어선다. 그때, 어둠 속에서 바알갛게 타오르는 장작 난로에도 어떤 영혼이 살아 숨 쉬고 있는 것만 같았다.

산허리에
구름띠를 두른
홉스골의
아침 풍경

2.

―

차탕족
마을 소녀는
한국이 그립다

소망하드에는
파꽃이 피고

|

　아침에 일어나니 하늘이 눈부시게 푸르다. 온몸이 상쾌한 이 느낌은 적당한 바람과 습도, 눈이 시린 풍경 때문이다. 느지막이 아침을 먹고, 배를 탄다. 물이 더할 나위 없이 맑다. 물속 깊은 곳까지 다 들여다보일 정도다. 물빛은 푸르다 못해 초록에 가깝다.

　아버지와 아들이 번갈아 운전하는 작은 배에는 우리 일행뿐이다. 아무 방해도 받지 않고, 이물에 서서 바람을 쐬다가 심심하면 고물까지 천천히 옮겨 다니며 호수와 산과 시베리아 낙엽송들을 바라본다. 호숫가 산허리에 안개가 띠처럼 드리워져 있다. 가슴속이 다 트이는 듯, 시원하다. 바라보기만 해도 넉넉하고 싱그럽다. 물살도 잔잔하다. 호숫가에는 드문드문 게르가 자리 잡고 있고, 더러는 목조 주택도 보인다. 평화로운 풍경에 마음을 빼앗겨 시간 가는 줄도 몰랐는데, 어느새 한 시간이 훌쩍 지나 있다. 배가 천천히 호수 쪽으로 길게 뻗어 나온 땅으로 다가간다. 배를 대기에 적당하지 않아 보이는 곳인데, 선장의 아들이 긴 나무다리를 내리더니 먼저 뛰어내리고는 줄을 당겨 바위에 매단다.

　소망하드다. 호수 쪽으로 길게 뻗어 나온 땅이 제법 가파른 절벽으로 이어지다가 툭 끊어진 곳이다. 제대로 된 길조차 없는 곳이지만, 풍광 하나는 일품이다. 호수에 닿아 있는 벼랑 끝에 이르자 어워가 하나 있다. 몽골은 곳곳이 어워 천지다. 그만큼 빌어야 할 소망이 많다는 뜻일까? 어떤 간절한 소망이길래 이렇게 어머니의 호수에까지 와서 어워를 만들었던 것일까? 이루지 못한 소망의 흔적처럼 어워의 깃대는 쓰러져 있다.

바위 절벽을 내려다보니, 10여 길 될 정도로 높다. 그런데 절벽 틈마다 야생화들이 곱게 피어 있다. 호수의 파란 물을 배경으로 색색의 자태를 자랑하는 꽃들은 흡스골이기 때문에 더 고운 것이리라. '어머니의 바다'가 잉태한 자식이라고 생각하니 이 꽃들이 더 소중해 보인다.

좁고 아슬아슬한 절벽 위를 걸어 돌아오는데, 가파른 절벽 사이 눈에 익은 흰 꽃이 피어 있다. 파꽃이다. 사방을 둘러보니, 파꽃 천지다. 일부러 심어 기르는 파꽃과는 전혀 다른 느낌이 든다. 정말 야생의 파꽃이다. 인간의 손을 타고 자란 것들보다 저렇게 저절로 나서 저 혼자 꽃 피운 것들이 더 곱다는 느낌이 든다. 이곳이 흡스골이기 때문이다.

소망하드의 육지 쪽은 바닷가처럼 평평하다. 천천히 호숫가로 내려가는데, 그곳도 야생화 천지다. 호숫가에는 굵은 나무들이 말라 죽은 채로 서 있거나 쓰러져 있다. 죽은 나무의 맨질맨질한 살결에 호수의 세월이 스며든 것 같다.

물살조차 둥글둥글 부드럽게 밀려온다. 호수의 이름이 '어머니의 바다'여서일까? 자식들의 온갖 뒤치다꺼리에 닳고 닳

시베리아
낙엽송과
호수가 어우러져
이뤄내는 세상

소망하드,
거기 소망 하나쯤
빌고 올 땅이
있다

아 세월의 무게를 안고 둥글게 마모된 어머니의 마음처럼, 호
숫가의 조약돌은 둥글고 부드럽게 윤이 난다. 나는 조그맣고
둥근 조약돌 하나를 주워 손 안에 넣고 굴려보다가 주머니에
넣는다. 그러자 마음이 더없이 편안해진다. 어머니의 마음을
간직하게 되어서일까?

매화마름 떠 있는
차탕족 마을

|

　다시 배가 호수 위를 미끄러진다. 멀어지는 소망하드의 풍
경이 고즈넉하고 순결하다. 여행이란 가는 곳에다 마음 한 자
락을 떨어뜨리고 다니는 것인지도 모른다. 나는 또 하나의 마
음을 흡스골 소망하드에 남겨두고 떠난다.

　한참을 떠가던 배가 산기슭 아래 습지 가까이에서 멈춘다.
호수 앞쪽으로 초록색 습지가 넓게 펼쳐져 있고, 습지 끝에 시
베리아 낙엽송이 우거져 있다.

　호수 가까이 조그만 웅덩이가 하나 있고, 그 옆에 나무 한
그루가 기우뚱하게 서 있다. 웅덩이에 나무 그림자가 비쳐 한
폭의 멋진 풍경화를 연출해낸다. 가까이 다가가 보니, 웅덩이
에 하얀 매화 꽃잎이 점점이 떠 있다.

　"아, 매화마름이다!"

　우리 중 누군가 감동 어린 말을 내뱉는다. 매화마름은 우
리나라에서는 멸종된 것으로 알려졌다가, 몇 해 전 강화도에
서 군락지가 발견된 바 있는 물풀이다. 그 군락지가 람사르 습
지 | 국제적으로 독특하고 희귀한 습지를 보호하는 국제 조약인 람사르 협약에
따라 지정된 습지 | 로 지정되기도 할 만큼 귀한 식물인데, 이곳에
는 이렇게 작은 웅덩이에 흔하게 피어 있다니! 몽골이야말로
자연의 생명체에게 안식의 땅인 것 같다.

점점이 떠 있는
진한 그리움,
흡스골의
매화마름.

습지에는 온갖 꽃들이 다투어 피어 있다. 노랗게, 파랗게, 붉게, 꽃들은 저마다 자신의 색으로 피어 세상을 밝힌다. 그리고 그 꽃들 사이에서 말이 한가롭게 풀을 뜯는다. 꽃구경에, 경치 구경에 느릿느릿 숲으로 가까이 가니, 인디언 천막 같은 게르가 몇 채 서 있다. 차탕족 마을이다.

차탕족은 이제 약 200여 명 밖에 남지 않은 몽골 소수민족이다. 차탕은 '순록을 좇는 사람들'이라는 뜻이다. 순록을 기르며, 순록의 먹이를 따라 이동 생활을 하는 유목민이다. 순록의 젖을 먹고, 순록의 가죽으로 게르를 짓고 살며, 여름이면 중앙 시베리아까지 이동하던 이 민족은 이제 극소수만 남아 전통적 생활을 영위하고 있다.

차탕족의 게르를 '오르츠'라고 하는데, 긴 나무를 삼각형으

차탕족의 게르인
오르츠.
인디언 집과
흡사하다.

차탕족 일가.
이동 생활을
포기한 그들의
마음이 얼굴에
드러나는 것
같다.

로 받쳐 천을 두른 것이, 몽골의 게르의 전형적인 모습과 많이 다르다. 몽골의 전통 게르도 설치와 이동이 간단하지만, 차탕족의 오르츠는 더 단순해 보인다. 안에 들어가 보니, 살림살이라고 할 것도 없다. 가운데 난로를 하나 두고 벽 쪽으로 침대 몇 개가 놓인 것이 전부다. 단순하고 소박한 삶의 자세가 집에 고스란히 배어 있다.

다른 대부분의 차탕족은 순록을 따라 이동했지만, 지금 호숫가에 남아있는 차탕족은 이동을 포기하고 관광객의 호기심에 의존하여 살아가는 사람들이라고 한다. 남아있는 차탕족의 얼굴에 삶의 곤고함이 드러나는 것 같다.

숲 속에는 순록을 매어두고, 관광객에게 사진 찍는 비용을 받는다. 관광객의 등쌀에 지쳤는지, 순록은 죽은 듯 눈을 감고 있다. 가까이 다가가도 좀체 움직이려고 하지 않는다. 자세히 보니 발을 끈으로 묶어놓았다. 이제 순록은 풀을 뜯으러 자리를 옮기는 법을 잊어버렸고, 차탕족은 순록을 타지 않고 관광객들에게 손을 내민다. 오랜 세월 살아온 한 소수 민족의 삶의 뿌리가 거기서 그렇게 마감을 하고 있는 것이다.

몽골리안 루트 | 몽골인의 시원에서 이동 경로를 추적하여 나타낸 길 | 를 연구한 학자들에 따르면, 바이칼의 알혼 섬에서 퍼져 나온 몽골인 중 일부인 코리브리야트족은 순록을 따라 시베리아 타이가 숲 지대를 거쳐 남쪽으로 내려왔다고 한다. 그렇다면 차탕족 역시 순록을 쫓아 남쪽으로 내려온 몽골인의 하나라고

볼 수 있다. 자본은 그 장구한 세월의 무게도 한순간에 스러지게 하는 것인가 하는 생각으로 바라본 차탕족의 얼굴에는, 내 마음 때문인지, 쓸쓸함이 가득 서려 있는 것 같다.

차탕족의 게르 옆에는 약 4~5m 길이로 노점이 늘어서 있다. 양털이나 낙타털, 혹은 나무로 만든 조각품이나 모자, 기념품 따위를 파는 사람들이다. 머리를 길게 땋은 사내는 물건을 팔 생각조차 없는 듯, 초연한 자세로 앉아 호수만 바라보고 있다. 밤새도록 낙타털이나 양털로 한 땀 한 땀 모자를 뜨고, 나무를 깎아 기념품을 만들고, 이렇게 햇살 맑은 날 초원에 나와 관광객들의 푼돈을 바라며 앉아 있는 저 사람들은 어쩌면 물건을 파는게 목적이 아닌지도 모른다. 그저 그들의 문화와 전통을 저렇게 햇볕에 말리려고 하는 것은 아닐까?

　그런 생각을 하며 물건들을 흘낏흘낏 보는데, 중간쯤에 앉아 있던 아가씨가 말을 건넨다.

　"하나 사세요."

　또랑또랑한 우리말이다. 아니, 한국 사람이 물건을 파나? 생긴 것이 워낙 우리와 똑같은데, 우리말을 하니 그런 의심이 든다.

　아가씨는 배시시 웃으며 나를 쳐다본다. 도톰한 볼살과 긴 생머리에 앳되고 순박한 얼굴을 하고 있다.

　"한국말 잘하네요. 어디서 배웠어요?"

　내가 다가가자 아가씨의 얼굴에 부끄러운 기색이 스친다.

　"그냥 혼자 공부했어요. 한국이 너무 좋아서요."

　혼자 배운 말 치고는 제법이다. 곁에 같이 앉아 있던 소년이 아가씨를 보며 자랑스런 표정을 짓는다. 나는 한동안 아가씨와 이야기를 나눈다.

"이름이 뭐예요?"

"버더러요."

"버더러? 무슨 뜻이죠?"

내 물음에 아가씨는 배시시 웃는다.

"크리스탈."

"아, 수정."

내 말에 아가씨가 아주 좋아한다. 크리스탈이 한국말로 무엇인지 몰랐는데, 알게 되어 좋단다. 대학에서 아트 디자인을 공부하고 있는데, 방학이라 고향에 돌아와 물건을 만들어 팔러 나왔다고 설명한다. 옆에 있는 아이는 자기 동생이라며 이름을 알려준다. 잉크버을트, 강철조각이라는 뜻이라고 한다. 자기 동생은 영어를 좋아한단다. 동생에게 영어로 말을 걸어보니, 그저 초보적인 단어만 몇 개 알 뿐이다. 그래도 누나의 얼굴에는 동생에 대한 자랑스러움이 가득하다.

우리네 누나들도 그랬다. 자신을 희생해 동생들을 돌보면서, 동생의 작은 장점 하나도 자랑을 삼던 우리네 지난 시절의 누님의 모습이 이곳 흡스골의 버더러에게 남아있었다. 머리를 길게 땋고 의연하게 앉아 있는 청년은 오빠 에른버을트란다. 무슨 뜻이냐니까 옆의 동생이 홀리 피스 | holy piece | 라고 영어로 말한다. '신성한 조각'이란 뜻이란다. 이름의 뜻을 들

고 보니, 긴 머리에 햇살이 엉기는 그 청년의 모습이 정말 신성해 보인다.

이런 저런 이야기를 나눈 후 다시 배에 오르기 위해 습지를 지난다. 습지 곳곳에는 말똥이 제 몸을 썩히고 있고, 그 옆에는 노랑치마인 것으로 보이는 꽃이 곱게 피어 있다. 작은 습지에 나무 그림자가 흔들리고, 매화마름 곱게 피어 물 위에 떠 있는 곳, 그리고 언젠가는 한국에 가서 한국의 디자인을 배워보고 싶다는 꿈을 지닌 순수한 소녀 버더러를 만난 홉스골의 어느 여름 날의 풍경을 나는 영원히 잊지 못할 것 같다.

햇살보다 느리게,
바람보다 천천히

|

배는 눈부시게 푸른 홉스골 물살을 헤치며 돌아간다. 머리 위로 손에 닿을 듯 하늘이 펼쳐져 있고, 구름이 낮게 흐른다. 이런 풍경을 뭐라고 말할 수 있을까? 그렇다, 평화다! 평화란 어우러짐이 만들어내는 세상이고, 그 조화는 자연에서만 가능한 것이 아닐까? 평화란 인간 존재 속에서는 본질적으로 불가능한 것이 아닐까? 그래서 사람은 자연을 꿈꾸고 그리워하는 것이리라.

게르로 돌아와 점심을 먹고 나니, 양을 잡는다. 눈매가 날카로운 청년이 시베리아 낙엽송 아래 양을 눕혀놓고, 가슴에

항구에 정박한
배처럼,
초원 끝에
배가 매달려 있다.

칼집을 내더니, 손을 넣어 숨통을 끊는다. 잠깐 버둥대던 양이 숨을 멈추자, 청년은 털을 벗겨내고, 배를 가르고, 내장을 꺼낸다. 순식간이다. 그리고 잠시 후, 캠프 주인이 양 내장으로 만든 순대를 내온다. 부드럽고 따뜻하다. 양고기는 저녁에나 먹을 수 있단다.

산책 삼아 천천히 게르를 벗어나 호숫가를 거닌다. 아무 할 일이 없는 게 이렇게 행복할 수 있다는 것을 흡스골에서 새삼 온몸과 마음으로 느끼게 된다. 아득하게 펼쳐진 평원이기에, 호수까지 손에 잡힐 듯 가까워 보여도 걸어가면 제법 먼 거리다. 호숫가는 온통 말똥과 소똥으로 덮여 있다. 바람꽃, 솜다리가 꽃 세상을 이루는 호숫가는 바람마저 상쾌하다. 군데군데 땅속으로 굴이 있다. 타르박이나 조름 굴이리라.

흡스골의 물빛이
하도 고와서……

느릿느릿 호숫가를 거닌다. 솜다리 주변에 다 사그라지고 뼈만 남은 말 머리가 눈부시게 놓여 있다. 숲에서 멀리 떨어져 홀로 서 있는 시베리아 낙엽송 아래서는 초원의 바람 소리가 더 싱그럽다. 이곳에서, 모든 소리를 버리고서야 비로소 세상의 참 소리를 들을 수 있을 것 같다. 말똥 위에 팽이처럼 솟아난 버섯마저도 느긋한 여유를 부리는 초원을 나는 햇살보다 느리게, 바람보다 천천히 걷는다. 저편을 바라보니 재두루미가 나처럼 천천히 초원을 걷고 있다. 무엇인가 마음속에 가득 차오르는 것 같다. 행복? 혹은 기쁨? 아니다. 모든 것을 비워내고도 아무것도 채우지 않아도 되는 넉넉함이다. 흡스골은 비움으로써 가득 채우는 곳, 그래서 '어머니의 바다'임을 비로소 깨닫는다.

별이 성글게 돋는 밤, 게르 옆 숲가에 앉아 모닥불을 피우고, 양고기를 구워 술을 마시며 이야기를 나눈다. 러시아에서 혼자 여행 왔다는 여자 의사와 우리의 기사들도 함께 한 자리에서, 각자 자기 나라 노래를 부른다. 노랫말은 서로 다르지만, 느낌은 모두 같다. 술에 취하는 것이 아니라 이야기와 노래에 취하고, 흡스골의 물살과 어두운 밤하늘과 그새 몰래 뜬 별에 취한다. 이백이 노래했듯 '술잔이 날아다니고, 달에 취한다 | 飛羽觴而醉月 |.'

아무라와 헛스그가 일어나 같이 노래를 부른다. 구슬프면서도 힘 있는 노래다. 무슨 뜻이냐고 물으니 그리움을 한껏 담

하늘과 물이 같은
빛깔인 흡스골

심장을 눌러 양을
잡는 모습.
양은 순하게
죽어갔다.

재두루미
두 마리가
초원을 걷는다.
나도 그 뒤를
따라 걸었다.

매화마름
피어 곱던
차탕족 마을.

세상에서 가장
눈부신 노랑을
간직한 흡스골의
꽃.

아 대답한다.

"〈어머니의 차가 더 맛있어요〉랍니다." 고향을 떠난 사람이 어머니가 계신 고향을 그리며 부르는 노래란다. 어머니의 바다인 흡스골에서 초원을 떠도는 사람의 사모곡을 듣는다.

그 노래는 게르로 돌아와 잠든 내 귓가에 밤새도록 맴돈다. 그래서일까, 깊고 깊은 잠에 빠진 것 같은데, 어느 순간 몇 번씩 문이 열리는 소리가 들린다. 나는 어머니가 게르 문을 열고 들어오는 꿈을 꾸는 것 같은 착각에 빠진다. 그러나 그 소리는 살그머니 들어와 장작을 넣어준 소년이 낸 것이었다. 배를 운전했던 선장의 아들인, 그 소년은 마치 우렁각시처럼 잠도 자지 않고 몇 번이나 우리 게르에 들어와 난로가 꺼질세라 장작을 넣어주었다. 흡스골에서는 눈에 보이는 모든 것이 어머니 같다. 호수도 산도, 구름도, 시베리아 낙엽송도, 그리고 그곳에 깃들어 사는 사람들까지도!

시베리아 낙엽송
사이에 있는 게르.
게르와
닿아 있는 구름

3.

—

말도 사람도
순박하고
정겨운 곳

졸면서 걷는
초원길

|

흡스골에서의 사흘째, 느지막이 일어나 아침을 먹는다. 특별한 일정이 없는 날이다. 하루 종일 쉬는 것도 여행에서 얼마나 가치 있는 일인가! 많은 것을 봐야 한다는 생각으로 여행지에서 여행지로 바쁘게 옮겨 다니는 것은 오히려 여행을 부담으로 만든다. 때로는 마음을 내려놓고 쉬면서 가만히 여행 속의 나를 돌아보면 행복이 물씬물씬 솟아난다.

캠프 옆의 초원길을 걸어 목장으로 간다. 초원이라고 다 평평한 땅만 있는 것은 아니다. 호수 근처의 초원은 늪처럼 발이 푹푹 빠진다. 건너 뛰기에는 조금 넓은 실개울도 있다. 둘러보니, 저만치 나무판자로 된 다리가 놓여 있다. 흔들리는 다리를 건너가니, 목책을 둘러놓은 목장 입구가 나온다. 멀리 말들이 모여 있다.

한 청년이 바람을 가르며 말을 타고 달려 나와 목장의 문을 열어준다. 말에서 내려선 청년은 키가 훤칠하다. 델ㅣ몽골인의 전통 복장.ㅣ을 입은 그의 모습이 늠름하다. 칭기스칸 시대의 몽골 기병을 보는 것 같다. 우리를 안내하던 현욱씨와 몇 마디 이야기를 나누더니, 서로 반색을 한다.

"저하고 같은 대학에 다닌다네요."

그 역시 몽골 국립대학 학생이란다. 과는 다르지만, 학교

말을 타고 달려
나와 목책을
열어주던 청년.
그의 모습이 몽골
기병 같다.

에서 오다가다 만난 적도 있다고 한다. 홉스골에서 600km도 넘는 울란바토르까지 가서 대학을 다니는 청년의 마음은 어떤 것일까? 내가 달려온 아득한 거리만큼 그 청년의 젊음이 아득하게 느껴진다.

방학이라 부모님이 계시는 고향으로 돌아와 일손을 돕고 있다는 청년은 우리를 데리고 말 무리에게로 다가간다. 말을 타고 초원을 한 바퀴 돌아보기 위해서다. 나는 고삐를 잡고 바람을 가르며 초원을 달리는 내 모습을 떠올린다. 그러자 마음이 두근거린다.

"말은 반드시 인솔자 한 사람이 끌고 가야 해요."

청년이 우리 일행의 말고삐를 잡아줄 소년들을 가리킨다. 모두 자신의 동생과 친척들이라는데, 어린 아이서부터 그 청년과 나이 차가 별로 나지 않아 보이는 청년들까지 여러 명이다. 그냥 혼자 말을 몰고 다닐 수 없느냐니까, 절대 안 된다며 혀를 내두른다.

지난번에 독일 사람들이 와서 말을 탔는데, 고삐를 내주었더니 달리다가 떨어져 머리에 큰 부상을 입었단다. 마침 일행 중 의사가 있어 응급조치를 취했지만, 큰일 날 뻔했다며, 그 이후부터는 말고삐를 절대로 주지 않는단다. 초원을 신명나게 달려볼 생각은 그냥 꿈이었을 뿐이다. 그래도 말을 한번 타보는 것도 좋겠다 싶어 말에 오른다.

앳된 얼굴의 소년이 말을 타고 다가와 내가 탄 말의 고삐를 잡는다. 두 볼이 새빨갛고 선하게 웃는 소년이다.

소년이 앞에서 말을 타고 내 말의 고삐를 끌고 간다. 뒷 말에 탄 나는 그저 말 안장에 연결된 줄을 잡고 꺼떡꺼떡 따라가는 수밖에 없다. 고개를 들어 보니, 아득한 평원이다. 그리고 평원의 끝은 하늘에 닿아 있다. 무한천공, 하늘과 초원이 닿아 있는 벌판을 느릿느릿 흘러간다.

말이 걸어가는 초원은 꽃밭이다. 말은 가다가 이따금 멈춰 서서 야생화를 뜯어 먹는다. 그럴 때면 소년은 가만히 멈춰 서서 기다릴 줄 안다. 마른 내를 건너고, 시린 하늘과 구름과 벌판이 닿은 공간은 끝도 없이 이어진다.

그런데, 내가 탄 말이 자꾸 소년의 말에 바싹 다가서 걷는다. 그 바람에 소년이 탄 말과 내가 탄 말 사이에 발이 끼어 불편하다. 너무 바싹 붙을 때는 아프기도 하다. 말고삐를 당겨 거리를 조금 떼어 놓지만, 그새 내 말은 다시 소년의 말에 바투 다가선다.

처음에 나는 내 말이 소년의 말을 사랑하는 줄 알았다. 그런데 자세히 보니 그게 아니다. 내가 탄 말은 소년의 말이 아니라 소년에게 다가서고 있는 게 아닌가. 가까이 다가가서는 소년의 옷에 제 머리를 부비기도 하고, 코를 소년의 손에 대고 킁킁 냄새를 맡기도 한다. 혀로 소년의 손등을 핥기까지 한다. 말은 소년을 사랑하고 있는 것이다.

"이 말이 네 말이니?"

머흐팅그르와
그의 말.
말과 소년은
마음으로 통하는
사이다.

천천히
졸면서 타는
초원의 말.
시간 속을
느릿느릿 걷는다.

궁금함을 못 이긴 내가 영어로 묻자, 소년이 고개를 끄덕인다. 아주 초보적인 영어는 알고 있는 걸 보니, 서양 사람들이 말을 타러 오는 경우가 많은가 보다.

"네 이름이 뭐니?"

"머흐팅그르요."

"이 말 이름은?"

"홍그르아다크요. 제가 먹이도 주고 기르는 제 말이에요."

소년은 자랑스런 몸짓을 섞어 말하며, 내가 탄 말의 갈기를 쓰다듬는다. 그러자 말은 애교를 떠는 것처럼 킹킹댄다. 마치 서로 의지하는 친구 사이 같다. 걸음마보다 먼저 말타는 법을 배운다는 몽골 아이들. 소년이 그렇게 말 등에서 자라던 어느 날 아버지는 소년에게 말 한 필을 주었으리라. 난생 처음 제 말을 갖게 된 소년은 그 말을 자신처럼 아끼고 돌봤으리라. 닦아주고, 쓰다듬어주고, 먹이를 주고, 초원으로 함께 나가 진종일 숨결을 섞으며 달리기도 했으리라. 말은 소년이 되었고, 소년은 말이 되었으리라. 그래서 말은 소년의 곁을 잠시도 떠나려 하지 않고, 손님인 나를 태우고도 자꾸 소년에게 바투 다가서는 것이리라. 소년과 말의 정서적 교감이 고스란히 느껴진다.

그런 모습을 보자, 천천히 걷는 말을 타는 것이 한없이 즐거워진다. 내 발이 두 말 사이에 끼어도, 소년에게 다가가는 말의 태도가 정겹다. 머리 위의 푸른 하늘과 구름, 끝없이 펼쳐진 평원, 한쪽으로는 너무 푸르러 눈부시기까지 한 흡스골 호수, 그리고 그 벌판에서 서로에게 더 가까이 다가서려는 말과 소년이 나누는 교감을 보며, 한순간에 마음이 환해진다.

한 시간 남짓, 끄덕끄덕 졸듯 말을 타고 초원을 돌아 목장으로 돌아온다. 건듯건듯, 끄덕끄덕 승마다.

말에서 내린 내가 폴라로이드 카메라로 머흐팅그르와 말의 사진을 찍어주자, 소년이 밝게 웃는다. 말도 따라 웃는 것 같다. 머흐팅그르는 얼른 제 나이 또래 다른 아이에게 달려가더니 그와 맞잡고 몽골 씨름을 한다. 아마도 씨름하는 모습을 내게 보여주고 싶은가 보다. 세상 근심 하나 없이, 초원의 풀과 바람처럼 자라는 소년의 행복이 눈에 선하다. 학교도 공부도 다 남의 얘기지만, 자신의 말과 초원만으로도 소년은 충분히 행복한 건 아닐까?

그런 생각에 잠긴 채 목장을 뒤로 하고 호숫가로 향한다.

천천히 흐르는
시간

|

호수에 청둥오리가 떠다니며 먹이를 찾고 있다. 호숫가 습지에는 바람꽃이 지천이다. 민들레도 피어 있고, 구절초와 솜다리도 어우러져 한 세상을 이루고 있다. 느릿느릿 호숫가를 거닐다 다시 게르로 돌아온다.

게르 문을 열어둔 채, 침대에 누워 스르르 잠이 든다. 귓가에 시베리아 낙엽송을 스치는 바람 소리가 상쾌하게 들린다. 평안! 바람도, 햇살도, 푸른 하늘도, 그 하늘의 구름도 모두 평안! 평안 속에서 잠들어 바람이 되고, 햇살이 되고, 하늘의 구름이 되는 여행자도 평안! 하릴없이 깊고 달콤한 잠에 빠져든다.

얼마를 잤을까? 잠에서 깨어 열린 게르 문 밖을 보니, 낙엽송 가지에 구름이 걸려 있다. 아주아주 오래 잠든 것 같은데, 아직도 한낮이다. 깊은 잠은 시간의 길이가 아니라 마음의 평안에 달려 있나 보다.

게르 밖에 앉은뱅이 의자를 내놓고 앉아 멍하니 바람을 쐰다. 구릉 위의 게르가 구름에 걸려 있다. 시간은 천천히 흘러간다. 숨 가쁘게 달려오다 이렇게 생의 어느 한 순간, 느긋하게 앉아서 숨 고를 시간이 있다는 것은 얼마나 다행인가. 그래서 삶은 아름다운 것이라고, 흡스골의 나무와 풀과 햇살과 바람이 내 귓가에 속삭인다. 아름다움은 흐르는 것이 아니라 멈추어 있는 순간이다. 흘러가는 동안에는 흘러가느라 아름다움을 보지 못한다. 멈추어 서서야 비로소 보이는 사물의 아름다움! 그래서 느리게 사는 것이 아름다운 것이리라.

오후 내내 마음껏 멈춤의 시간을 즐긴다. 내 즐거움 때문일까, 시간도 느리게 느리게 흘러간다.

아무리 느려도 시간은 흐르기 마련이다. 바람과 햇살에 온

목장의 집.
여름 한철에만
거주하는
곳이다.

몸을 씻는 사이 어느새 저녁시간이 된다. 캠프의 식당에서 허르헉 | 양을 통째로 삶아 만든 요리 | 으로 저녁을 먹는데, 홍차를 앞에 둔 현욱씨가 서빙하는 아가씨에게 말을 한다.

"사할 우거체."

그러자 아가씨가 눈을 동그랗게 뜨고 현욱씨를 바라보고, 아무르는 배를 잡고 웃는다. 잠시 어리둥절해 하던 현욱씨가 얼굴이 발개지더니 멋쩍게 웃으며 다시 말한다.

"사하르 우거체."

내가 듣기에는 그 말이 그 말 같다. 그런데 '사할'은 수염이고, '사하르'는 설탕이란다. 그러니 현욱씨는 아가씨에게 '수염 주세요'라고 한 것이 된다. 몽골에 온 지 몇 년이나 지났지만 아직도 언어의 미묘한 차이 때문에 실수가 잦다며, 현욱씨가

초원은 온통
꽃밭이다. 꽃밭
너머에 흡스골이
얌전하게 자리
하고 있다.

싱그럽다는 말
이외에 무슨 말이
더 필요할까?

변명을 한다. 그런 그의 모습이 귀엽기까지 하다.

"처음 몽골 왔을 때 정말 엉뚱한 실수를 한 적이 있어요. 시장에 가서 감자를 사는데 '툠스 주세요' 했다니까요."

감자는 '투무스'이고 '툠스'는 불알이란다. 감자를 사러 가서 불알 달라고 했으니, 실수도 이만저만한 실수가 아닌 셈이다. 그런데 그 말을 들으며 나는 자꾸 현욱씨가 귀여워진다.

이제 흡스골에서의 마지막 밤이다. 내일은 떠나야 한다는 생각을 하니 괜히 마음이 쓸쓸해진다. 아무리 좋은 곳도 영원히 머무를 수 없기 때문에 더 아름다운 것인지도 모른다. 나는 어둠 속의 호수를 아쉬움 가득한 눈길로 바라보고, 게르로 돌아온다. 그리고 그 밤 내내, 시베리아 낙엽송을 스치는 바람 소리를 들으며 잠이 들었다. 아마도 흡스골 호수가 내게 작별을 고하는 소리였는지도 모른다.

TIP } 흡스골 호수와 차탕족

몽골의 북서부 흡스골 아이막에 있는 호수다. 면적 2,760km², 길이 136km, 폭 36.5km, 둘레 350km에 달하는 세계에서 열네 번째로 큰 호수다. 흡스골로 흘러드는 물줄기는 모두 99개이고 흘러나가는 강은 오직 하나뿐이다. 흘러나간 물은 세계 최대 호수인 바이칼로 스며든다. 흡스골에서 바이칼까지 흘러가는 거리는 약 400km다. 흡스골의 담수량은 세계 민물의 1~2%나 된다.

1992년 몽골의 국립공원으로 지정된 흡스골에는 어류가 풍부하게 서식하고 있다. 주변에는 넓은 초원과 숲, 산지가 이어져 있는데, 200여 종이 넘는 조류와 사슴, 양, 곰 등 온갖 짐승들이 서식한다. 초원에는 수많은 야생화들이 지천으로 피어, 봄부터 여름까지 호수의 푸른 물과 어우러져 신비한 풍경을 연출해낸다. 흡스골의 물은 너무나 깨끗해 깊디깊은 물속이 다 들여다보일 정도다. 한겨울에는 호수가 얼어붙어 그 위로 자동차가 다닐 수도 있다.

차탕족은 흡스골 아이막에 거주하는 소수 민족이다. 이들은 순록을 타고 다니며, 인디언 천막을 연상시키는 '오르츠'라는 게르에 산다. 오르츠를 덮는 덮개는 순록의 가죽이다. '차탕'이란 명칭은 '순록을 쫓는 사람'이라는 뜻이다.

그들은 과거에 순록을 따라 이동하며 생활했지만, 지금은 대부분 흡스골 호수 주변에 정착해서 관광객에게 물건을 팔거나 사진을 찍고 얻는 수입으로 생활한다. 현재는 40여 가구에 200여 명이 남아 있어 곧 지구상에서 차탕족이라는 이름이 사라질 위기에 처해 있다.

배를 타고 맑은 흡스골 호수 위를 미끄러지듯 가다 보면 구름이 걸린 산봉우리와 짙푸른 물살이 빚어낸 풍경이 나타난다. 이 풍경 속에서 꿈결 같이 젖어드는 자신을 발견할 수 있다. 호숫가를 걸으며 야생화에 마음을 빼앗길 수도 있고, 구릉에 세운 게르에 아무 일 없이 누워 찰랑이는 호수의 물소리와 서걱이는 시베리아 낙엽송 소리를 듣는 것도 흡스골의 매력이다.

4.

그리움처럼
피었다 스러진
초원의
무지개

멀리 무릉이 보인다.
흡스골 아이막의
주도어지만,
작은 시골 마을 같다.

바이스떼,
홉스골

ǀ

홉스골을 떠나는 아침이 밝았다. 눈부신 햇살이 호수에 반
짝인다. 푸르디푸른 호수가 은빛으로 일렁인다. 짐을 챙겨들
고 나서는데, 캠프 매니저 오르나가 나와 손을 흔든다.

"바이스떼."

손을 흔드는 그이의 얼굴이 홉스골을 닮았다. 작별을 하는
말치고 섭섭함이 드러나지 않는 것이 있을까? 너무 자주 써
식상하기까지 한 '빠이빠이'도 영원한 이별의 순간에는 촉촉
한 말이 된다. 영화 〈길〉에서 잠파노와 젤소미나가 헤어질 때
하던 인사말은 '차오'였다. 이태리 말이다. 그 영화를 보고나
서부터 나는 당시 삼선교의 지하에 있던 '차오'라는 이름의 다
방을 아주 좋아하기 시작했다. 그 다방에 가면 영화 〈길〉의 젤
소미나가 어느 구석엔가 앉아서 내게 작별의 인사를 하는 것
같았다. 눈 내리는 러시아의 겨울날 어느 기차역, 호롱불을 흔
들며 사랑하는 사람과 작별을 하는 여인의 인사로는 '더스비
다니야 ǀ 러시아어로 '안녕'이라는 뜻 ǀ'라는 말이 가장 잘 어울린다
고 하던 어느 소설이 있었다.

홉스골에서의 작별 인사는 역시 '바이스떼'가 가장 잘 어
울린다. '바이스떼'라는 말 속에는 눈이 시리도록 파란 홉스골
의 물빛과 나직한 햇살, 곱디고운 야생화 빛깔이 고스란히 담

겨 있기 때문이다.

"바이스떼, 흡스골!"

나는 호수를 바라보며 나직하게 중얼거린다. 호수도 내게
'바이스떼'라고 하듯, 물살을 여리게 흔들어준다.

차의 시동을 거는데, 캠프장 입구 저편에서 누군가 손짓
을 한다.

"아마다. 아마가 왔어."

우리 일행 두어 명이 얼른 뛰어간다. 아마는 어제 우리가
말을 탔던 목장 집 딸이다. 말을 탄 뒤 그 집에 가서 이런저런
이야기를 나누었다더니, 작별의 인사를 하러 왔나 보다. 스물
다섯 살, 고등학교를 졸업하고 집에서 부모님을 도와 여덟 식
구를 뒷바라지하는 아마의 외로움이 눈에 선하다. 친구를 만

나려도 하룻길로는 불가능할 것 같은 몽골 초원에서, 어린 동생과 빨래를 하고, 땔감을 준비하며, 청춘의 가장 빛나는 시기를 견뎌내야 하는 아마이기에, 잠시 만난 이국의 친구조차 그렇게도 소중했나 보다.

아마와 작별을 하고 온 이들의 눈가에도 물기가 촉촉하다. 평생 다시는 만날 수 없을지도 모르는 초원의 친구와의 작별 때문일까? 아마가 작별의 선물로 주었다는 아롤 한 봉지를 품에 안은 일행의 모습도 초원을 닮아 있다. 아롤, 야크의 우유를 끓여 거품을 굳혀 만들었다는 이 발효식품은 아마의 마음처럼 시고 또 시다.

차는 흡스골을 등 뒤로 밀어내며, 속력을 낸다. 나는 멀어지는 흡스골을 바라보며 다시 중얼거린다.

"바이스떼, 흡스골. 머흐팅그르도, 아마도……. 모두 바이스떼."

독수리 떼 떠도는
초원

|

무릉 시내에서 타이어에 공기를 주입하고, 주유소에 들러 기름을 넣은 후 쉬지 않고 달린다. 델르게르 강을 지나자, 평지였던 초원이 점점 구릉의 초원으로 바뀐다. 천천히 빗방울이 떨어진다. 길가에 마른 개울이 몸을 눕히고 있다. 개울가

몸이나 귀에
표시를 한
염소 떼가 길을
막는 초원길

에는 버드나무들이 듬성듬성 서 있다. 길은 비탈길이다. 언덕
을 넘어서자, 염소 한 마리가 길을 막고 똥을 누고 있다. 경적
을 울리자 미적거리며 길을 비켜준다. 운전기사는 초원의 노
래를 흥얼거리며 신나게 차를 몬다. 그런 상황들이 한 폭의 풍
경화 같다.

　차가 달리는 중 갑자기 길 아래 개울 쪽에서 염소 떼들이
마구 달려 나온다. 그러더니 차를 보자 일제히 멈춰 선다. 장
난꾸러기들 같다. 염소들의 몸에는 빨간 페인트로 표시가 되
어 있기도 하고, 어떤 놈은 귀에 리본이 매달려 있기도 하다.
목장의 표식인가 보다. 아기 염소 여럿이 풀을 뜯고 논다는 동
요의 한 구절이 떠오르는 풍경이다.

　언덕을 넘으면 또 언덕이 나타나고, 구릉을 지나면 다시 구

물기 머금은
바람이 분다.
목이 말랐던
풀과 야생화들은
바람이 불어오는
곳을 하염없이
바라본다.

릉이다. 차 한대가 겨우 지나갈 만큼 좁은 비탈길이다. 구릉
위에 하얀 게르가 한 채 놓여 있다. 그 게르도 구릉으로 보인
다. 그리고 산이 나타난다. 구릉보다 크고 높으니 산이라고 했
을 뿐, 나무 하나 없다. 산을 넘자 이번에는 오토바이 한 대가
빗방울을 털어내며 달려온다. 어디로 가는 것일까? 나무 하나
없는 초원의 산을 넘는다. 산꼭대기에 어김없이 어워가 있다.
한쪽에는 낡아 금방이라도 바스러질 것 같은 나무로 지은 집
이 한 채 있다. 집 앞에는 풍력계가 돌고 있다. 시간 속에 정지
한 풍경을 보는 것 같다.

　빗줄기 때문인지, 아무라는 차에서 내리지 않고 그냥 차를
몰아 어워를 한 바퀴 돈다. 도는 동안 경적을 세 번 울린다. 그
러고는 다시 차를 몬다. 빗줄기는 가늘어졌다가 굵어지기를

반복한다. 정상을 넘어서자 아래로 내려가는 것이 아니라, 조금 낮게 펼쳐진 평원으로 이어진다. 산 위로 올라와 다시 평원이 펼쳐지니, 이곳이야말로 고원인 셈이다.

군데군데 실개울이 흐르고, 개울 위에는 어김없이 나무다리가 놓여 있다. 차는 나무다리를 능숙하게 건넌다. 다리조차 인위적인 것이 아니라 자연의 일부, 초원의 부분 같다. 평원길을 한참 달리는데, 아무라가 허공을 가리킨다. 낮은 하늘에 독수리가 몇 마리 떠 있다.

"저기 뭔가 있을 것 같아요."

아무라가 차를 길 밖으로 몬다. 독수리들이 떠 있는 곳이다. 그런데 독수리들은 차를 보고도 달아나지 않고 허공에서 맴돈다. 아무라가 차를 세우자, 처참한 광경이 나타난다. 타르박 한 마리가 온몸이 찢긴 채 벌판에 놓여 있다. 타르박은 몽골 초원에 사는 설치류의 뚱뚱한 동물이다. 타르박은 귀한 요리 재료로 사용되어 왔는데, 남획되어 지금은 사냥 금지 동물이라고 한다. 타르박 역시 프레디독처럼 호기심이 많은 동물이란다. 눈에 잘 띄는 옷을 입고 모자를 쓰고 타르박 사냥을 나가면, 타르박은 호기심 때문에 숨지 않고 구경을 하는데, 이때 활이나 총으로 잡는다고 한다. 호기심을 목숨과 바꾸는 것이다. 처참하게 찢긴 이 타르박도 호기심 때문에 숨을 때를 놓치고, 이렇게 독수리의 밥이 된 것일까?

독수리들은 우리가 떠나기를 기다리며 여전히 허공에서

초원에
비 내리고,
꽃은 저 혼자
비에 젖는다.

벌판.
다른 무엇도 없다.
그저 어워가 초원을
지키고 있을 뿐.

빙빙 돈다. 우리가 차를 몰고 떠나자, 독수리들이 벌판에 내려앉는다. 우리 때문에 중단됐던 잔치를 다시 시작하려는 것이다.

차는 고원의 능선을 우주를 유영하듯 넘나든다. 희디흰 꽃들이 눈 닿는 데까지 피어 있다.

바람은 불고, 무지개는 날리고

|

몇 개의 산 능선을 넘는다. 그 중 한 능선 위에서 점심으로 도시락을 먹는다. 빗줄기가 바람과 함께 마구 날린다. 차 안에서 대충 허기만 면하는 식사다. 그래도 트렁크 문을 열어 놓고 가스불을 피워 커피까지 한 잔 마시니, 세상 부러울 것이 없다.

길은 끝나지 않을 것처럼 이어진다. 길 따라 평원도 아득하다. 평원 사방에는 산이 호위하듯 우뚝 서 있다. 금방이라도 그 산에 닿을 것 같지만, 아무리 달려도 산은 그만큼 물러나 있다. 날씨가 다시 개기 시작한다. 길가에 유목민의 겨울 정착지인 빈 집이 한 채 있다. 목책 울타리 너머도 텅텅 비어 있는 채다. 겨울이 오면 먼 곳으로 이동을 했던 사람들이 통통하게 살 오른 양 떼를 몰고 이곳을 찾아올 것이다. 그들은 길고 추운 겨울을 이 정착지에서 몸 부비며 견뎌내리라. 흰 눈이 가득 내린 날, 그들이 기다리는 것은 봄에 대한 꿈, 초록이 움트는 대지에 대한 그리움일 것이다.

그 그리움을 위한 준비일까? 빈 집 옆에 소똥을 쌓아놓고 말리고 있다. 집 주위 들판에도 온통 염소와 양, 소의 똥 천지다. 이동에서 돌아오면 제일 먼저 저 벌판의 짐승 똥들을 거두리라. 겨울을 견뎌내고 봄을 기다릴 수 있게 하는 한 덩어리 꿈으로 씨앗 같은 불을 지피고 살아갈 순박한 사람들의 모습이 눈에 선하다. 고개를 들어 보니, 햇살이 쏟아진다. 금방 지나온 길에는 빗방울이 거셌는데, 순식간에 날씨가 화창해진다. 집 뒤 언덕 너머 파란 하늘 위에 눈부시게 흰 구름이 멈춰 있다. 유목민의 마음처럼.

내가 달려온 길이 초원 저 끝으로 아득하게 지워진다. 가야 할 길은 그 반대쪽으로 끝없이 이어진다. 그것은 마치 내가 살아온 길이고, 살아가야 할 길의 모습 같다.

다시 차가 달린다. 초원을 달리는 차는, 멀리서 보면 초원 위의 점일 뿐이다. 평원 끝에 산이 있다. 그 산을 넘자, 아래쪽에 마을이 나타난다. 신이뜨르 솜이다. 작은 마을, 다 해봐야 몇 채 되지 않는 집들 위로 독수리가 낮게 날고 있다. 차 왼쪽으로는 비가 내리고, 오른쪽 하늘은 맑다. 평원 날씨의 변화무쌍함에 놀라고 있는데, 비 내리는 왼쪽 산 아래에 무지개가 걸려 있다.

"우와, 무지개다!"

금방이라도 비를
쏟아낼 것 같은
먹구름 낀 초원

모두들 소리를 지르며 차를 세운다. 빗방울이 조금씩 날리고, 바람도 제법 분다. 그러나 눈앞에 생생하게 피어난 무지개를 보려는 마음에 우산 챙기는 것조차 잊는다. 선명한 쌍무지개가 초원 끝에 걸려 있다. 애초 몽골 초원 여행을 떠나면서 내가 가장 보고 싶어했던 풍경이 바로 무지개였다. 생각만 해도 마음이 설레던 초원의 무지개, 그동안 한 번도 보지 못해 내심 애를 태우고 있었다. 그런데 이렇게 눈앞에서 생생한 쌍무지개를 보다니!

어린 시절, 고향 강원도에서 본 것이 마지막이었기에 무지개는 신비롭기까지 하다. 무지개는 산 위에 하나, 산발치에 또 하나가 있다. 바람과 빗방울 속에 서서 하염없이 무지개를 바라보는데, 햇볕이 나기 시작하자 스르르 사라져버린다. 순식

산 위에 하나,
산발치께
또 하나,
쌍무지개가 떴다.

아름답고 허망한
꿈, 무지개

간이다. 마치 실체 없는 환영이었던 것처럼.

　무지개는 허황된 꿈 같은 것일까? 곱디고운 모습으로 눈을
황홀하게 하다가, 언제 그랬느냐는 듯 아예 자취조차 없어져
버리니 말이다. 무지개를 보고, 산 너머로 무지개를 잡으러 간
소년의 이야기처럼, 영원히 잡을 수 없는 것이기 때문에 더 아
름다운 것인지도 모른다. 세상의 모든 아름다움은 영원히 소유
할 수 없기 때문에 더 아름답고, 소유할 수 없기 때문에 허망한
것이리라. 아름다움과 허망함이라는 상대적 언어가 가장 잘 어
울리는 것이 무지개가 아닐까? 허망한 아름다움, 그 두 언어를
사라진 무지개의 자리에 올려놓고 멍하게 바라본다.

흰 물고기 호숫가에서의
하룻밤

|

　무지개의 기억을 뒤로 한 채 다시 차가 달린다. 자르갈란트
솜 근처, 제법 큰 강이 흐른다. 이 강이 바로 몽골의 3대 강 중
하나인 셀렝게 강이다. 물고기가 아주 많아 낚시하기에 제일
좋은 곳이란다. 그러나 물은 맑기보다는 흙탕에 가깝다. 1950
년대에 만들어졌다는, 굴곡이 심한 나무다리가 놓인 강을 지
난다. 두루미 두 마리가 물가에 내려앉아 있다. 강을 지키는
수호신같이 길고 껑충하다.

　몇 개의 실개울을 지나고, 민둥산을 넘는다. 게르는 산 귀

퉁이에 숨듯 자리 잡고 있다. 차는 점점 산속으로 접어든다. 나무들이 숲을 이루고 있어, 초원에서 완전히 벗어난 길이다. 몽골은 온전히 초원과 사막만 있는 줄 알지만, 이렇게 큰 숲도 있다는 것을 증명하는 풍경이다. 풀을 베어 건초를 만드는 사람도 눈에 띈다. 햇살이 쨍하다. 숲 속에는 오이풀이 지천이다. 산토끼 한 마리가 쏜살같이 달려 숲 속으로 사라진다.

차가 제법 긴 언덕을 오른다. 차 한 대가 겨우 다닐 수 있을 좁은 산길이다.

"이 산 이름이 뭐죠?"

아무라가 고개를 가로젓는다.

자르갈란트 솜의 셀렝게 강은 초원에 거울처럼 놓여 있다.

초원의 샘물은
그냥 산에서
흐르는 물이다.

"언덕을 오를 때는 이름을 말하지 않는 법이지요."

그렇게 말하고는 입을 꾹 다문다. 금기인가보다. 언덕길 옆으로 엉겅퀴와 오이풀밭이 번갈아 이어진다. 약수터도 있다. 약수터라고 해서 물이 샘솟는 곳은 아니다. 산 위에서 물이 흘러내리는 곳이다. 그래도 몇몇 몽골 사람들이 차를 세우고, 물을 떠 마시며 좋아라 이야기를 나눈다. 나도 물을 떠먹는다. 시원하다. 물은 깨끗하기 그지없다. 평원의 물만 대하던 사람들에게, 산속을 흘러내리는 물은 귀한 것이리라.

약수터 근처의 전봇대가 눈에 띈다. '4'자를 써 놓은 것처럼 세워놓았다. 늦둥이 진형이 녀석이 전봇대가 아니라 '4봇대'라

자르갈란트 솜
풍경.
낮고 아늑하다.

늦둥이는
이 전봇대를 보고
4봇대라며
웃었다.

차강노르 호수의
저녁 풍경

며 신기해한다. 소나무 울창한 숲을 지나자, 산 정상이다. 어김없이 어워가 있다. 아무라는 경적을 울리며 지나친다.

이제 흡스골 아이막의 끝이다. 몽골에서 호수가 가장 많은 아이막이 흡스골 아이막이란다. 약 300여 개의 호수가 있는 흡스골 아이막의 주도 무릉도 '강'이라는 뜻이라고 한다. 그래서일까, 군데군데 휘어진 물줄기가 많이 보인다.

어느새 오후 7시가 넘었다. 꼬박 열두 시간을 달린 셈이다. 그래도 오늘의 목적지에는 아직 도착하지 못하고 있다. 하늘이 또 흐려진다.

다시 초원길이다. 평원의 조그만 언덕을 넘어서자 거대한 호수가 나타난다. 호수를 끼고 차는 쉬지 않고 달린다. 아무리 달려도 호수는 좀처럼 끝나지 않는다. 이 호수가 바로 흰 물고기의 호수라는 차강노르다. 이 호수에서 흰 잉어와 송어를 잡아 소금에 절여 울란바토르에 공급한단다.

호수를 끼고 돌고 돌아 마침내 오늘의 잠자리가 있는 허르거 캠프에 닿는다. 어느새 캄캄한 밤중이다. 호수를 끼고 돈 시간만 차로 40분이니, 호수의 크기를 짐작조차 할 수 없다. 온몸이 파김치처럼 축 처진다. 대충 몸을 씻고, 침대에 누워 죽은 듯 잠든다. 흰 물고기 한 마리가 꿈속에 나타나 호수에서 파닥이며 솟구치는 것 같은 느낌이 들었던 것은 달려온 길의 아득함에서 미처 헤어나지 못했기 때문인 걸까?

3부

자연을 그대로 닮은
몽골인들을 만나다

몽골 여행은 눈 밝은 사람, 아니 마음 밝은 사람만 이 참맛을 찾을 수 있다. 바람에 흔들리는 풀에서, 구릉 너머에 나직하게 내려앉는 햇살에서 천 년 전의 시간을 엿보는 마음을 지닌 사람만이 몽골의 내면을 볼 수 있다. 몽골 여행은 사실보다는 정서가 중심인 것도 그런 때문이다.

1.

아,
맑은 타미르 강!

화산 옆에서
물건을 팔던
소녀의
고운 웃음

화산 옆에서
소녀는 자라고

아침, 온몸이 뻑적지근하다. 대충 국수와 빵으로 아침을 때우고 게르를 나선다. 짐을 들어주겠다며 캠프에서 일하는 아가씨 두 명이 다가온다. 머리를 뒤로 넘겨 묶고 환하게 웃는 모습이 아름답다. 몽골 아가씨들은 대개 볼이 통통하고 붉다. 눈이 우리보다 옆으로 길게 째져 처음 보면 날카롭고 무서운 인상이지만, 순박하기 그지없다. 우리가 평소 지니고 있는 인상에 대한 선입견이 얼마나 편협한 것인가를 몽골 사람들을 보면 알 수 있다.

폴라로이드 카메라로 즉석 사진을 찍어주자 '바야를라, 바야를라 | 몽골어로 '감사합니다'라는 뜻 |'하며 고마워 어쩔 줄 모른다. 나도 손을 흔들어 작별을 하고, 다시 길을 떠난다.

얼마 달리지 않아 도착한 곳이 허르거 화산이다. 호수 옆에 있는 화산인데, 화산석을 딛고 한참을 오르자, 깊이를 가늠할 수 없을 정도로 아득한 분화구가 발 아래 내려다보인다. 분화구 안에는 물이 조금 고여 있다. 산 높이는 2,230m. 멀리 차강노르 호수가 그림처럼 펼쳐져 있다. 너무 큰 호수라서 이 높은 산에서도 한눈에 다 들어오지 않을 정도다.

분화구 구경을 하고 내려오니, 주차장 부근 노점에 머리를 곱게 땋아 내린 여자아이가 음료수를 내놓고 팔고 있다. 그러

허르거 화산.
아득한 깊이에
물이 거울처럼
고여 있다

나 사라는 말 한 마디 없이 그림처럼 조용히 앉아 병에 묻은 먼
지를 닦을 뿐이다. 열 살도 채 안 되었을 아이가 감당해야 할
삶의 무게가 아이의 표정에 고스란히 드러난다.

폴라로이드 사진을 찍어주자, 아이는 아무 말 없이 고개만
까딱이고는, 사진을 뚫어져라 바라본다. 화산 옆에서, 어린 소
녀의 삶이 차갑게 식어버린 것 같다. 주머니에서 초콜릿을 꺼
내 건네자 아이가 비로소 배시시 웃으며 입을 연다.

"바야를라."

그 소리조차 들릴 듯 말 듯 하다. 차를 타고 허르거 화산을
빠져나오는 내내, 귓전에 그 목소리가 울리는 것 같다.

화산보다 차갑게 식은 아이의 얼굴이 자꾸 떠오른다. 삶은
얼마나 곤고하고 애달픈 것인가!

허르거 화산
오르는 길.
화산재로 흙이
검다.

노거수 아래는
조름이 살고

|

　허르거 화산을 떠나 평원을 잠시 달리던 차가 작은 마을을
지난다. 마을 안쪽으로 강이 흐르고, 나무다리가 놓여 있다.
다리 앞에는 어김없이 의자를 내놓고 앉아 요금을 받는 사람
이 있다. 아무라가 창문을 열고 그 사람과 몇 마디 이야기를
나누더니 요금을 내지 않고 그냥 건넌다.

　"요금 안 내요?"

　궁금해서 묻자 아무라가 자랑스러운 표정으로 대답한다.

　"나하고 잘 아는 사람이에요. 그냥 건너가게 해줍니다."

　차를 몰고 바이칼을 수시로 다녀오고, 멀리는 몽골 서쪽 끝

에 있는 알타이까지도 다닌다는 아무라는 그만큼 발이 넓은 사람이다. 길 찾는 데는 귀신이라고, 현욱씨가 혀를 내두를 정도다. 몽골 운전기사들의 길 찾기는 정말 놀라울 정도다. 이정표 하나 없고, 그렇다고 표식이 될 만한 산이나 강조차 없는 막막한 평원에서도 가야 할 곳을 정확하게 찾아내는 것을 보면 말문이 막힐 정도다.

나무다리는 금방이라도 부러질 것처럼 출렁거린다. 그래도 아무라는 제 이름처럼 아무렇지도 않다는 듯 노래까지 흥얼거리며 다리를 건넌다.

"이 강 이름이 뭐죠?"

다른 강물보다 유난히 돌멩이가 많은 게 특이해서 묻자 아무라가 소리친다.

"촐로트."

현욱씨가 웃으며, 촐로트는 '돌멩이의 강'이라는 뜻이라고 설명해 준다. 그저 보이는 대로 이름을 붙이면 고유명사가 되는 것이 몽골인가 보다. 하긴 우리가 이름과 뜻을 연결짓지 못해서 그렇지, 세상의 모든 이름은 다 보이는 대로, 느끼는 대로 붙여진 것이리라. 영화 〈늑대와 춤을〉에 나오는 주인공

돌이 많아
붙여진 이름,
촐로트 강

촐로트 강가의 돌덩이.
'옴마니밧메훔'이라고
적혀 있다.
연꽃 속의 보석이라는
뜻이다.

의 이름은 늑대와 춤추는 모습에서 유래되었고, 여자 주인공의 이름 '주먹쥐고 일어서'도 그의 행동에서 비롯된 것이니 말이다. 내 이름도 풀이를 하면, '오래 사는 사람'이라는 뜻이다. 외아들인 내가 오래 건강하게 살기를 바라신 부모님의 소망이 내 이름에 담겨 있는 것이니, 돌멩이가 많은 강을 '촐로트'라고 부른다고 뭐가 이상할 것인가.

강을 건너 평원을 달리던 차가 갑자기 멈춘다. 내려 보니 우리가 탄 차의 왼쪽 뒷바퀴가 주저앉아 있다. 아무라와 헛스그가 열심히 바퀴를 교체하는 동안 초원의 바람과 햇살을 쬔다. 초원 군데군데 드리워 있는 구름 그림자가 바라보기만 해도 시원하다. 초원에서는 타이어 펑크조차 즐겁다.

바퀴를 교체한 차가 다시 달리다가 한 곳에 멈춘다. 아르항가이 | 항가이 산맥의 중앙 지역의 초원 지대 | 의 전형적인 풍경을 볼 수 있는 곳이란다. 초원 가장자리로 가자, 발 아래 까마득한 절벽이다. 절벽 아래는 물이 흐르는 골짜기다. 촐로트 강 상류란다. 물 흐르는 소리가 절벽 위까지 생생하게 들린다. 자세히 보니, 사내 셋이 개울가에서 빨래를 하고 있다. 멀리 산들이 첩첩 둘러싸고 있고, 강가에는 나무들이 곧게 뻗어 있다. 하늘은 파랗고, 구름은 손에 닿을 듯 떠 있다. 강가에서 씩씩하게 자라는 나무는 잎갈나무 종 같다. 몽골어로는 하르머뜨란다. 한참을 절벽 위에 앉아 풍경을 즐긴다. 평온하다.

갈 길이 멀다고 아무라가 재촉한다. 일어나 다시 차를 타

아르항가이의
전형적 풍경.
물과 나무와
하늘과 구름이
눈부시다.

노거수를
한바퀴 돌며
소원을 빈다.

고 얼마 가지 않아 듬성듬성 나무들이 늘어선 숲에 이른다. 그 나무들 사이에 수십 가지로 뻗은 거대한 나무 한 그루가 푸른 천을 칭칭 두른 채 서 있다. 종살랑머드란다. 무슨 뜻이냐니까 그냥 '크고 오래 된 나무'라는 뜻이라고 한다.

"20년 전 왔을 때도 똑같았지요."

내가 얼마나 오래된 나무냐고 묻자 아무라가 이와 같이 대답한다. 나무에게 20년의 세월이야 순간일 것이다. 나무 아래에 돌을 던지고 세 바퀴 돌면 소원이 이루어진다고 한다. 그런데 주위를 둘러봐도 돌이 없다. 내가 땅에 박힌 제법 큰 돌을 빼내 던지자, 아이를 업은 몽골 아주머니가 웃는다.

"작은 돌을 던져야 해요."

또렷한 우리말이다.

한국에서 일하다 돌아온 지 사흘 되었으며, 안산에 있었단다. 인구가 적은 몽골이지만, 의외로 한국에 갔다 온 사람이 많다. 그들에게 한국은 어떤 나라로 기억될까? 그들이 한국을 부르는 말인 '솔롱고스'의 뜻대로 '무지개의 나라'일까, 아니면 임금 체불과 폭력, 욕설의 악몽의 나라일까? 조금 잘 살게 됐다고 어려운 이웃 나라 사람들을 종 부리듯 하는 졸부 근성이 어쩌면 그들에게 평생 씻지 못할 상처를 줬는지도 모른다. 오래전 〈한겨레 21〉에서 봤던 네팔 노동자의 눈물이 떠오른다. 임금을 한 푼도 받지 못하고, 손가락만 다 잘린 채 쓸쓸히 귀국해야 했던 그 네팔 노동자의 눈에 한국은 인간 지옥이었으리라. 증오는 증오를 낳고, 사랑은 사랑을 낳는다. 돈 때문에 넉넉하고 푸르른 평원의 삶을 버려야 했던 사람들의 서글픈 눈망울이 그 아주머니의 모습에 겹쳐진다.

알록제비꽃 이웃에 남산제비꽃이 산다. 옆 마을 고깔제비꽃이 아침이면 기상나팔을 불고, 일제히 눈 뜨는 제비꽃 세상. 태백제비꽃 일 나간 사이, 금강제비꽃 아이들 돌보고, 점심 챙겨오는 졸방제비꽃. 저물녘이면 둥근털제비꽃과 잔털제비꽃이 아이들 모아놓고 옛 이야기 한자락 풀어놓는데, 하늘에는 별이 초롱초롱 빛난다. 제비꽃 아이들의 눈망울도 별처럼 빛난다.

평산신씨 현민이네 이웃에 가구공장에서 일하는 몽골 사람 제렌데지드가 산다. 옆집 반 칸 지하방에는 조선족 림춘애씨, 흑룡강

성에 두고 온 자식들 생각에 밤마다 눈물 젖는데, 파키스탄이 고향
인 압둘 아마드는 이슬라바마드보다 가리봉동이 더 낯익다며 웃는
다. 까무잡잡한 얼굴에 흰 이가 환한 그의 웃음은 한국 사람과 닮
아 있다. 베트남에서 시집 온 카오티 홍 니는 시집 올 때 가져온 모
자 '논'을 쓰고 들일 나서고, 비닐하우스 파프리카 농장 바쁜 손 놀
리는 네팔 사람 크리슈나 라마 부부는 공장 다닐 때 떼인 월급보다
사장의 욕설에 더 가슴이 떨린다.

　　제비꽃 나라에는 제비꽃이 산다. 저마다 다른 이름을 가지고,
제비꽃이라는 얼굴로 '어울려' 한 세상을 산다.

　　– 졸시 〈제비꽃 나라〉

그런 생각으로 노거수를 한 바퀴 도는데, 나무 발치 돌멩이들 틈에서 다람쥐를 닮은 녀석이 눈을 동그랗게 뜨고 뭔가를 먹고 있다. 조름이다. 초원길에서 가장 많이 보았던 짐승, 조름이 이제는 인간들 사이에서 인간이 던져주는 먹이에 길들여진 채 살아가고 있는 것이다. 노동 없이 먹이를 얻는 것은 행복일까, 아니면 게으름일까? 요즘 나는 때때로 게을리 살고 싶어진다. 시간에 쫓기고, 돈에 쫓기고, 늘 무엇인가에 쫓기는 생활의 무의미함 때문일까? 게으름의 다른 이름은 행복이 아닐까? 나의 그런 생각을 알 턱 없는 조름은 앞발을 손 삼아 먹이를 든 채 볼을 오물거리며 먹고 있다.

항가이 숲에서의 점심

|

아르항가이는 약 15% 정도가 숲으로 되어 있는, 초원과 숲이 어우러진 땅이라 그냥 초원 지역과는 종종 다른 풍경이 나타난다. 아득하게 펼쳐진 평원 끝에 울창한 숲이 자리 잡고 있는 경우가 많다. 초원만 보던 눈에 나무가 있는 풍경은 더욱 아름답다.

점심때가 되어 도시락을 먹기 위해 목장 근처 풀밭에 내린다. 초원 옆으로 작은 실개울이 흘러 풍경이 그만이다. 멋진 곳에서 점심을 먹겠구나 했는데, 주변이 온통 소똥, 말똥 천지다. 자리를 깔고 앉을 틈 하나 없다. 할 수 없이 다른 곳을 찾아 차를 달린다. 그러나 아무리 가도 초원 뿐, 나무 그늘 하나 없다. 나무가 있는 곳이라고는 초원 아득한 끝에 있는 산의 숲뿐이다.

초원 군데군데 그늘이 있기는 하다. 구름이 만들어 낸 그림자다. 구름 그림자 안에 들어가 점심을 먹으면 좋겠다 싶지만, 구름 그림자는 조금씩 이동을 한다. 쨍쨍한 햇살 아래 도시락을 먹는 것처럼 고역도 없을 것 같아 한참을 더 달린다.

드디어 낮은 구릉 아래 초원이 좁아지며, 나무 그늘이 나타난다. 아무라는 길을 벗어나 초원으로 달려간다. 가까이 보이는 숲도 정작 가려면 한참이 걸린다. 마치 바다의 섬처럼 막힌 것이 없는 땅이라 가까워 보이는 것뿐이다.

항가이 숲 발치에서 점심을 먹는다. 온통 야생화 꽃밭이다. 그런데 문제는 파리 떼다. 파리들은 절대로 사람을 두려워하지 않는다. 도시락 뚜껑을 열자 융단폭격하듯 파리들이 달려든다.

한 손으로 파리를 쫓고, 다른 손으로는 바삐 숟가락을 놀린다. 입으로 먹었는지, 코로 먹었는지 모를 정도다. 그래도 주변의 꽃들은 한없이 아름답다. 구절초, 쑥부쟁이, 패랭이, 솜다리, 솔채 따위의 꽃들이 초원이 좁다 하고 피어 있다. 쨍쨍한 햇살, 파란 하늘, 그 아래 꽃들이 잔치를 벌이는 것 같다.

아득한 초원
옆에서 점심을
먹다.

물속에 구름 낀
하늘이 있다.
소들은 그 하늘을
마신다.

몽골소녀 홀랑은
초원에서 자란다

|

끝나지 않을 것 같은 초원길이다. 차는 운드르울랑 솜에서 오른편 갈림길로 들어선다. 마을이 좀 있기는 하지만, 여전히 초원이다. 길가 들판에 물 고인 웅덩이가 있고, 소들이 모여 물을 먹고 있다. 벌판과 구름, 구릉과 웅덩이, 소, 이 모든 것이 어우러져 아름다운 풍경 하나를 연출해낸다.

햇살이 환하게 비추는데, 비가 흩뿌린다. 하늘을 보니, 우리 머리 위로 비구름이 자리 잡고 있다. 다른 곳은 햇살이 내리쬐는데, 비구름 아래만 비가 온다. 차는 비구름의 가장자리를 빠져나간다. 다시 햇살의 땅이다.

길조차 없는 초원을 달리는데, 타르박 한 마리가 쏜살같이 달아나 굴로 숨는다. 살아있는 타르박은 처음 본다. 독수리 몇 마리가 날아오른다. 차는 길을 달리다 벗어나 초원으로 접어들었다가 다시 길로 달리곤 한다. 길 위에는 양 떼가 햇살을 쬐며 누워 있다. 양들의 찜질방이다. 양 떼를 피해 차는 초원으로 돌아서 달린다. 아득한 초원 끝에 숲이 있다. 잣나무 숲이란다.

이크타미르 솜을 지난다. 이크타미르 강이 흐른다. 수량이 별로다. 예전에는 수량도 많고 큰 강이었으나, 지금은 물이 줄어버렸다고 한다. 한참 더 초원길을 달리자, 능선 아래 게르가 한 채 나타난다. 헛스그의 집이다.

미리 전화를 해뒀는지, 온 식구들이 나와 우리를 반긴다. 게르로 들어가니, 아이락을 비롯한 온갖 음식들을 차려놓고 먹으라고 권한다. 아롤, 바슬락, 터쓰, 애즈기 등 이름도 처음 듣는 음식들인데, 모두 짐승의 젖으로 만든 것이란다.

헛스그의 아버지는 곱게 늙은 순한 노인네다. 이름은 얌, 나이는 65세. 초원을 떠돌다 온 아들을 반기는 마음이 두 눈에 그대로 드러난다. 어머니는 마당에 솥을 걸어놓고 음식을 만드느라 바쁘다.

이곳은 여름철을 나는 게르라는데, 동생 부부가 부모님을 모시고 자식 셋과 함께 사는 곳이란다. 3대가 한 곳에 사는 행복이 넘쳐나는 집이다. 앨범을 꺼내 사진들을 보여주고, 음식을 권한다. 게르에서 즐거운 시간을 보낸다.

얼마 지나자 밖에 차린 음식이 다 되었다고 나오란다. 초원에 식탁을 차려놓고, 우리 식 만두 같은 음식을 한 그릇씩 떠 준다. 맛이 꼭 고기만두다. 반시란다. 만두에 구멍이 없는 것은 반시, 구멍이 있는 것은 보츠다. 양고기로 우려낸 국물도 맛이 그만이다. 한 그릇을 금방 먹어치우고 더 달라고 하자 헛스그의 어머니가 너무 좋아한다.

기념 촬영을 하자고 하니, 헛스그의 부모님이 전통 몽골 복장을 갖춰 입고 나와 자세를 취하신다. 훈장까지 달려 있다. 헛스그의 조카딸인 홀랑은 우리 일행에게 안겨 꼼짝도 하

초원에 차린 식탁,
음식보다
풍경이 더 맛있다.

할아버지와
손주들은
초원에서 산다.

지 않는다. 초등학교 2학년이라는데, 생긴 것이 우리나라 아이들과 똑같다. 우리 중 한 사람과 너무나 닮아 모두들 딸이라며 놀린다. 훌랑은 그런 사정을 알지도 못하면서 같이 배시시 웃는다. 초원에서 자라 초원의 순한 웃음이 온몸에 배어 있는 것 같다.

거대한 바위, 타이하르 촐로

|

헛스그의 집을 떠나는데, 갑자기 거센 빗방울이 떨어진다. 초원의 풀들이 비를 맞고 모두 싱싱하게 살아난다. 얼마 달리지 않아 눈앞에 거대한 바위가 나타난다. 끝없는 평원 한가운데에 갑자기 던져진 듯한 이 바위, 참 느닷없다.

타이하르 촐로다. 높이 약 16m인 이 거대한 바윗덩이는 예전에는 무당들이 의식을 치르던 장소였다고 한다. 바위에는 투르크 문자, 위그르 문자, 몽골 고대문자, 만주어, 티베트어 등 고대 여러 문자들이 새겨져 있는데, 약 150여 종이나 된단다.

차에서 내려 빗줄기를 뚫고 바위까지 뛰어가 본다. 오래전 이곳에 어마어마하게 크고 긴 뱀이 나타났다고 한다. 도저히 사람의 힘으로 쫓을 수도, 잡을 수도 없는 뱀이었다. 마을 사람들이 어쩔 줄 몰라 하자, 그곳에 살던 아주 힘센 씨름꾼 타

타이하르 촐로,
평원에 거대한
바위가 있어
신비롭다

이하르가 마을 사람들을 위해 거대한 바위를 던져 그 뱀을 눌러놓았다고 한다. 그래서 '타이하르의 바위', 즉 타이하르 촐로라는 이름이 붙게 되었다.

돌멩이를 던져 이 바위를 넘기면 원하는 것이 이루어진단다. 그러나 아무리 던져도, 돌멩이는 그저 바위 중간쯤을 맞히고 떨어질 뿐이다. 아마추어 야구 동호회에서 활동하는 친구도 바위의 상부를 맞힐 뿐 넘기지는 못한다.

그때 빗줄기 속에 말을 타고 온 몽골 청년들 중 하나가 우리를 보고 웃더니 말에서 내려 돌멩이를 주워 온다. 그러고는 땅에 무릎을 꿇고 앉는다. 잠시 숨을 고르더니, 그 상태로 몸을 뒤로 젖혀 돌을 던진다. 설마설마 하는데, 돌멩이는 바위 위에 꽂힌 몽골 국기와 어워를 넘어 건너편으로 사라진다. 절로

입이 딱 벌어진다. 우리는 아무리 던져도 넘어가지 않는 것을, 그 청년은 무릎까지 꿇고 간단히 넘겨버린 것이다. 세계를 지배했던 몽골인의 피가 청년의 몸에서 되살아난 것일까?

고개를 절레절레 흔들며 다시 차로 돌아온다. 빗방울 속 바람이 거세다. 초원의 풀이 일제히 몸을 눕힌다. 다시 차가 달린다. 빗줄기는 언제 그랬느냐는 듯 모두 사라진다. 구름 낀 하늘 사이로 맨 얼굴의 하늘도 군데군데 나타난다. 평원 저쪽에 무지개가 선명하게 떠 있다. 양쪽 끝이 모두 땅에 닿은 180도의 반원형 무지개다. 지상에서 지상으로 이어진 무지개는 하늘을 건너는 다리 같다. 누가 저 다리를 건너 평원에서 평원으로 지나갈 것인가? 무지개를 바라보며 꿈을 키우는 초원의 소년일까? 아니면 이렇게 여행길에서 만난 무지개에 마음 뛰는 나 같은 여행자일까? 그런 생각으로 바라보니, 무지개 위에 수많은 마음들이 앉아 있는 것 같다.

초원을 한참 달리던 차가 나무다리를 지난다. 제법 물이 많은 강이다.

"이 강 이름은 뭐죠?"

아무라는 차의 속도를 늦추지 않고 대답한다.

"타미르 강이요."

"타미르 강? 스톱, 스톱. 여기 내렸다 갑시다!"

내가 소리치자 아무라가 영문을 모르겠다는 듯 차를 길가에 댄다.

무지개가
하늘과 땅 사이
다리를
놓았다.

타미르 강을
떠내려온 나무들.
그 나무들에게서
초원의 향기가
난다.

얼른 차에서 내려 강가로 다가선다. 이곳이 말로만 듣던 타미르 강이다. 강 주위로 아름드리나무들이 미추룸하게 서 있다. 마음이 다 시원해진다. 야크가 끄는 마차가 나무다리를 지나간다. 나무다리에서 솔 향내가 풍긴다. 소나무로 만든 다리인가 보다. 솔 향내가 강의 내음 같다. 2열종대로 가로수가 서 있는 길을 오토바이 한 대가 달려 사라진다. 강으로 흘러드는 작은 개울들도 군데군데 눈에 띈다. 강가에 아름드리나무들이 쓰러져 있다. 밑동으로 보아 일부러 베어낸 나무 같은데, 껍질이 다 벗겨져 만질만질한 채로 누워 있다.

"이 나무들은 왜 여기 있는 거요?"

"상류지역 숲에서 벌목한 나무들인데, 홍수 때 떠내려 온 것이에요."

별걸 다 묻는다는 투로 아무라가 심드렁하게 대답한다.
나는 물과 땅에 걸쳐져 있는 아름드리 통나무 위를 조심스레
올라가 본다. 나무에서 그것들이 거쳐 온 초원의 향기가 나
는 것 같다. 초원에서는 껍질 벗고 죽어 누워 있는 나무조차
신비롭다. 죽었어도 여전히 나무의 신성을 간직하고 있는 것
만 같다.

　나는 타미르 강을 가로지른 나무다리 위에 서서 하염없이
강물이 흘러가는 풍경을 바라본다. 강물은 초원의 어느 자락
에서 시작해 어디로 흘러가는 것일까? 인간은 자신의 시원을
모르고, 강물은 제 연원을 말하지 않는다. 시린 하늘과 눈부신
초원 아래 잠시 숨 쉬며 흘러가다 사라져버리는 것일 뿐이다.
그래서 강물의 길은 그대로 인간의 길인지도 모른다. 알 수 없

구불구불한
난간의 나무다리,
여길 건너
가야 할 곳은
어디일까?

고, 알 필요조차 없는 것을 굳이 알려고 하는 데서 인간의 비극이 시작되는 것이 아닐까? 집착을 하고, 망상을 품은 채 찾아내려고 발버둥치지만, 이는 사실 나라는 존재는 알 수 없는 것이라는 사실을 깨닫지 못한 데서 비롯된 것이리라.

습습한 바람이 분다. 타미르 강물이 몸부림치며 흘러간다. 아득하다. 강물이 몸부림치는 저쪽으로 포플러 숲이 흔들린다. 그리고, 그 숲에서 무지개가 아련하게 피어오른다. 그 순간 타미르 강은 여행자의 마음을 가장 낮은 곳으로 가라앉게 만드는 신성의 마력을 발휘한다.

타미르 강은 몽골의 상징적인 강이다. 타미르 강이라는 이름을 처음 들은 것은, 차드라발 로도이담바의 소설 《맑은 타미르 강》에서였다. 몽골에서 《몽골비사》와 어깨를 견줄 만큼 널리 읽히는 대하 역사소설인 《맑은 타미르 강》은 우리로 치면 《태백산맥》쯤 되는 작품이다.

식민지 시대의 몽골의 삶과 해방 투쟁을 사실적으로 그려낸 이 작품은 영화로도 만들어지고, 교과서에 실리기도 할 만큼 대단한 작품으로 평가받는다. 1910년대에서 1950년대까지 몽골은 중국군과 러시아 백군, 일본군과의 독립 전쟁을 벌여야 했다. 이 소설은 식민지 시대부터 몽골 혁명기에 이르기까지의 역사를 배경으로 민중들의 삶과 투쟁과 사랑을 담아낸 작품이다. 작품 속에서 유목민과 자연이 하나 되는 삶이 풍경화처럼 그려지고 있어, 책을 읽는 내내 몽골의 모습이 눈앞에

타미르 강가를
오토바이가
달려온다.
그대로
풍경이 된다.

선하게 떠오르곤 했다. 그 배경인 타미르 강에 서서 그 소설을 떠올릴 수 있다니, 소설이 현실이 되고, 현실이 소설이 되는 이 뒤섞임이 지극히 몽환적으로 느껴진다.

무지개는 오래도록 지지 않고 타미르 강 저편 숲에 걸려 있다. 나는 나무다리 위에 서서 영원히 그 자리를 떠나지 못하는 정물이 되어 풍경을 바라본다. 그때, 바람 한 줄기가 내 머릿속을 헤집고 초원으로 사라졌을까? 내 마음도 그 바람에 실려 영영 떠나가버렸을까?

그래서일까? 그날 저녁의 숙소인 칭히르지구르로 가는 초원길 내내, 내 마음은 텅텅 비어 있었다. 초원을 잉태했다가 출산한 바람처럼 헛헛했다. 그것은 어쩌면 전생에 내가 이 초원에 불던 바람이었기 때문일지도 모른다.

타미르 강에 뜬
무지개.
저 무지개가
몽골의
미래일까?

TIP } 몽골의 음식

　새로운 음식을 맛보는 것은 여행의 또 다른 즐거움이다. 몽골에도 그들만의 독특한 음식이 존재한다. 그러나 몽골 음식은 우리처럼 다양하지는 못하다. 몽골의 환경 조건으로는 다양한 음식을 만들 수 없기 때문이다.

　대부분 주로 가축을 기르며 생활했기 때문에 몽골 음식은 채소가 많지 않고 육식과 관련되어 있다.

　몽골 음식은 흰 것과 붉은 것으로 나뉜다. 흰 것은 동물의 젖으로 만든 것이고, 붉은 것은 고기로 만든 음식이다. 흰 음식은 순결과 청순을 상징하고, 붉은 음식은 풍요를 상징한다. 겨울부터 봄까지는 주로 붉은 음식을 먹는다. 우리가 김장을 하듯, 고기를 말리고 저장해서 겨울부터 봄까지 먹는 셈이다. 여름이나 가을에는 흰 음식을 많이 먹는다. 우유가 많이 생산되는 계절이기 때문이다.

　대표적인 몽골 음식은 '허르헉'이다. 허르헉은 양을 통째로 삶아 만든 요리다. 삶을 때 불에 달군 돌을 통 속에 넣는데, 먹기 전에 이 돌을 양손에 올려 뜨거운 기운을 쐰다. 혈압과 신장에 좋고, 신경통을 낫게 한다는 믿음이 있기 때문이다. 양고기 찜이라고 하면 쉽게 이해가 된다. 설이나 귀한 손님이 왔을 때 먹는 요리다.

　고기로 소를 넣은 만두 '보즈', 물만두 '반시', 튀김 만두 '호쇼르'도 즐겨 먹는 음식이다. 우유와 찻잎을 섞어 만든 '수태차'는 비타민 섭취를 위해 필수적인 차다. 말젖을 발효시켜 만든 마유주 '아이락'도 즐겨 마신다. 아이락은 우리의 막걸리와도 비슷한데, 도수가 약 6~7도 정도 되며, 발효 정도나 생산 지역에 따라 맛이 다르다.

　유목민들은 특히 겨울을 나기 위해 우유로 만든 딱딱한 음식들을 미리미리 준비해둔다. '바슬락'은 단단하게 굳힌 치즈인데 짜지 않아 간식으로 먹기 적당하다. 우유를 끓일 때 가장 위에 뜨는 기름을 걷어 굳힌 '으름'과 으름을 만들고 남은 우유를 다시 끓여 굳혀 만든 '아롤'도 딱딱한 유제품의 일종이다.

　　모든 음식은 환경과 깊은 관련이 있다. 몽골 음식을 맛보며, 몽골의 평원과 그 안에 깃들어 사는 동물들의 관계를 생각해 보는 것도 여행의 큰 의미가 될 것이다.

길은 초원으로
뻗어 있다.
오토바이조차
초원의 한 포기
풀 같다.

2.

초원에서의 성(性)은
상품이 아니라
생명력이다

소 풀 뜯어 먹는
소리

|

어젯밤 온천 목욕을 한 덕분인지, 온몸이 편안하다. 잠결에 몸을 쓸어보니, 피부가 만질만질하다. 칭히르지구르는 온천 지역이다. 캠프장 옆 공동샤워시설의 물도 온천수라는데, 물이 정말 부드럽다. 초원에서 묻은 먼지와 바람을 초원의 온천물로 씻어내니, 마음까지 상쾌해지는 것 같다. 추석이나 설을 앞두고 어머니는 가마솥에 물을 데워 내 몸을 씻겨주셨다. 목에 때가 끼어 마치 금을 그어놓은 것 같았던 시절이었다. 대중목욕탕이 있는 것도 아니고, 그렇다고 집 안에 욕실이 있는 것도 아니니, 한여름을 제외하고는 목욕하는 것이 연중행사일 수밖에 없었으리라. 그렇게 씻지 않고도 그다지 몸이 가렵다거나 불편함을 느끼지 않았다.

그런데, 어느 순간부터 이틀 정도만 머리를 감지 않아도 근질근질해지곤 했다. 씻지 않고 며칠을 지나면 온몸이 가려웠다. 나는 가끔 이런 생각을 한다. 우리나라가 물 부족 국가가 된 것은 바로 내가 자주 씻기 시작한 때부터라고, 우리나라가 물 부족 국가가 된 것이 나의 목욕 습관에서부터 비롯되었다고.

하여간 습관이란 무서운 것이라서, 며칠 동안 제대로 씻지 않고 초원을 달린 몸의 찝찝함이 온천 목욕 한번에 다 씻겨 내

세상에서 가장
듣기 좋은 소리,
소 풀 뜯어 먹는
소리!

려가는 것 같다. 초원의 삶을 살기에는 내가 겪어온 문명의 삶
이 너무 두터운 것이리라.

　그런 생각을 하며 잠이 깬 채로 침대에 누워 미적거린다.
게르 안이 너무 추워 일어나기 싫은 탓도 있다. 해발 1,800m,
비교적 고원지대니 일교차가 심할 수밖에 없으리라. 어제 분
명히 난롯불을 피우고 잠들었지만, 그 불이 새벽까지 꺼지지
않았을 리가 없다. 일어나서 난롯불을 새로 지펴야 할까, 아니
면 그냥 이불 속에 누워 이 나른함을 더 즐길까? 망설이고 있
는데, 갑자기 게르 밖에서 이상한 소리가 들린다. 아사삭, 아
사삭 하는 소리가 풋고추를 씹어 먹는 소리를 열 배쯤 확대한
것 같다. 또는 생나물을 씹어 먹는 소리 같기도 하다.

　무슨 소리일까? 호기심이 침대의 온기보다 강하다. 일어

나 주섬주섬 겉옷을 걸치고 게르 문을 열어본다. 찬 공기가 와락 게르 안으로 달려든다. 아직 잠든 아내와 진형이가 추울세라 얼른 나와 문을 닫는다. 소리 나는 쪽으로 가 보니, 게르 뒤편에 소 한 마리가 풀을 뜯고 있다. 내가 잔 게르 바로 옆이다. 소는 내가 다가가도 아랑곳 않고 풀 뜯는 데 정신이 팔려 있다. 혀를 내밀어 짧은 풀을 감아 도려내듯 뜯어내 맛나게 먹는다. 소가 뜯고 지나간 뒤의 풀은 잘 깎아놓은 잔디 같다. 소의 입에서 듣고만 있어도 기분이 좋은 소리가 난다. 세상에서 가장 듣기 좋은 소리 중 하나는 소 풀 뜯는 소리라는 생각이 든다.

초원이 보내는 작별 인사

|

아침을 먹고, 칭히르지구르를 떠난다. 차에 오르려다 고개를 돌려 내가 하루 묵은 게르 촌을 바라본다. 아침 안개에 젖은 게르들이 내게 손을 흔드는 것 같다. 게르 입구 목책 위에 새 한 마리가 앉아 있다. 참새다. 그 새도 내게 작별 인사를 하는 것 같다. 나는 떠나기 싫은 나그네처럼 잠시 그런 풍경들을 바라보다가 돌아선다.

다시 구릉으로 이어진 초원을 달린다. 덥시르레흐 솜을 지난다. 초원은 늘 일정한 풍경이다. 구릉과 풀밭, 그 위에 하늘, 그리고 군데군데 게르. 낮은 구릉을 넘어서자 쉴 새 없이 바람이 분다. 바람결에 웃자란 풀들이 일제히 눕는다. 그 사이 숨어 있던 쑥부쟁이 몇 송이도 제 몸을 한껏 휜다. 그런 풍경을 바라보는 내 마음도 쉴 새 없이 흔들린다.

하라호른으로 가는 길이다. 몽골의 번성한 옛 도시였던 하라호른으로 가는 길은 풀이 손 흔드는 길이다. 사초과의 풀들이 흰 손을 흔드는 그 길은 초원이 내게 보내는 작별 인사의 길인지도 모른다. 길은 그저 끝나지 않을 것처럼 뻗어 있을 뿐이다. 아무리 달려도 내가 목표한 곳에는 이르지 못할 길, 어쩌면 늘 달려오기만 했지 목적지에는 이르지 못한 내 생과도 같은 길이 거기 뻗어 있다. 달리고 달려도 삶이란 도달할 곳이 없는 것임을, 달리지 않고 천천히 걷는 것이 진정한 삶의 길임을 하라호른 가는 길이 내게 알려주는 것 같다.

얼마나 달렸을까, 생뚱맞은 표지판이 하나 나타난다. 생뚱맞은 것은 그 표지판이 몽골 초원길에서 처음 보는 것이고, 집 한 채 없이 아득 막막한 벌판 위에 서 있기 때문이다. '하라호른 69km'라고 적힌 그 표지판은 방향이나 거리를 알려주는 것이 아니라 그냥 풍경의 일부분 같다.

표지판 근처, 아득하게 이어진 길 저편으로 오토바이를 세워놓은 남자와 여자가 이야기를 나누고 있다. 얼핏 보기에도 연인이다. 그들 역시 인간이라기보다는 자연의 일부처럼 보인다. 길을 따라 자욱한 먼지바람이 불어온다. 먼지는 이내 연인을 지우고, 표지판을 지우고, 마침내는 길조차 지워버린

새 한 마리가
칭히르지구르
캠프 난간에 앉아
작별 인사를 보낸다.
"바이스떼!"

다. 초원길에서는 존재하는 것 하나 없고, 지워지는 것만이 있
을 뿐이다.

　다시 차를 달린다. 이제부터는 포장길이다. 그런데 아무라
는 수시로 포장길을 벗어나 초원으로 들어선다. 얼마를 달리
다가 다시 포장길로 들어서긴 하지만, 이내 다시 초원길로 들
어서곤 한다.

　"왜 포장길로 달리지 않는 거요?"

　내가 묻자 아무라가 씩 웃는다.

　"포장길이 더 안 좋아요. 군데군데 파여 있기 때문에요."

　그의 말대로 포장길은 여러 군데가 파여 웅덩이를 이루고
있다. 닦여 있는 인공의 길보다 자연의 일부인 비포장의 길이
더 단단한 것이 몽골이다. 그래서 포장길 주위로 초원에 길이

생뚱맞기도 하고,
반갑기도 한
초원의 표지판

그림처럼 여럿 나 있다.

　현대 사회를 신유목의 시대라고 한다. 세계화의 또 다른 표현이리라. 그러나 진정한 유목은 자본주의가 지향하는 그런 것이 아닐 것이다. 노마드니 신유목민이니 하는 말은 자본주의의 또 다른 이름일 뿐이다. 휴대폰을 사용해 세계 어디서나 통화가 가능하고, 온갖 전자제품을 통해 세계가 하나가 되는 것이 유목주의는 아니다. 그런 유목주의는 시간과 상품을 보다 광범위한 지역에 팔아 이윤을 추구하기 위해 자본주의가 내세우는 허울일 뿐이다.

　반면 몽골의 유목민은 시간과 자본의 밖에서 그들이 살아온 전통의 삶을 견뎌내는 존재다. 그들에게 세계화란 말은 그저 낯선 이방인 같은 것일 뿐이다. 시간에 쫓겨, 혹은 시간이 돈이 되기 때문에 포장길을 달려야 하는 것은 무모한 행위일 뿐이다. 오랜 세월 동안 달려온 길이 그들의 길인 것이다. 자신이 살아가는 환경에 순응하며, 그 환경과 함께 살아가는 사람들이야말로 진정한 유목민이 아닐까?

그런 생각으로 바라보니, 초원 위의 게르가 몽골 유목민의 마음을 고스란히 드러내는 것 같다. 부드럽고 부드러워 바라보기만 해도 마음이 편안해지는 구릉 초원이 있다. 구릉 초원 위에는 구릉의 곡선을 닮은 게르가 한 채 놓여 있다. 그리고 게르 위의 하늘 역시 부드러운 둥근 모양으로 푸르다. 하늘과 구릉과 게르가 모두 부드러움으로 하나가 된다. 하늘과 구릉과 게르는 천지인 | 天地人 | 의 상징이다. 천지인이 하나로 일체화되는 곳, 천인일체 | 天人一體 | 화합의 땅이 바로 몽골 초원이다.

그런 생각 때문일까? 초원의 풍경이 더 푸근하다. 차는 가끔씩 어워를 한 바퀴 돌면서 달린다. 아무라가 달리는 길 저편을 가리킨다. 그러나 그의 손끝이 가리키는 곳에는 그냥 초원만 있을 뿐이다. 투부칙이란다. 투부칙은 '몽골의 중심'이라는 뜻이고, 그곳이 바로 몽골의 한가운데라고 한다. 길이 좋이 않아 차로 갈 수 없다며 아무라는 아쉬워한다. 그러나 못 가본들 어떠랴. 끝을 알 수 없는 초원에서 중심이라는 말조차 덧없게 느껴진다. 사방을 둘러보아도 산 하나 없는 평원인데, 그곳 어딘들 중심이 아닐까?

하라호른의 에르덴조 사원에는
바람만 불고

|

허턴트 솜을 지나자 포장길과 비포장길이 번갈아 나타난다. 길가에 아이락을 들고 아이들이 나와 서 있다. 한 통을 사서 시큼털털한 맛을 즐기며 얼마를 더 달린다. 드디어 하라호른이 나타난다. 왼편으로 오르홍 강이 흐른다. 이 초원 도시가 과거 몽골의 중심이었다. 그뿐만 아니라 몽골 이전의 흉노나 위구르족 시대에도 중심도시였다. 징키스칸의 셋째 아들이며 몽골 제국의 2대 왕인 오코타이칸이 1235년부터 건설한 세계적인 도시가 바로 하라호른이다. 그는 도시 서남쪽에 궁궐을 지었는데, 궁궐의 담이 검은 색이어서 몽골어로 '검은 담'이라는 뜻의 하라호른이 도시의 이름이 되었다고 한다.

몽골 전성기, 이 도시에는 불교, 기독교, 이슬람교 건물들과 그 종교를 믿는 수많은 사람들이 있었고, 세계 각국 모든 인종의 사람들이 모여들던 말 그대로 세계의 중심도시였다.

번성하던 도시 하라호른은 몽골 5대 왕인 쿠빌라이가 수도를 북경으로 옮기면서 쇠퇴의 길을 걷는다. 수도 이전 30년 만에 폐허가 되어버렸다는 하라호른은 그 뒤 오랜 세월 동안 잊혀진 초원의 도시로 이름만 남아 있었다.

1889년, 러시아 학자 야드린체프에 의해 하라호른이 몽골 제국의 수도였음이 확인되고, 그 후 약 60년에 걸친 발굴 조사를 통해 땅속 7m 깊이에 묻혀 있던 수많은 유물들이 세상의 빛을 보게 되었다. 몽골 정부는 2050년, 수도를 울란바토르에서 이곳 하라호른으로 옮길 예정이라고 한다. 수도 이전을 통해 옛 몽골의 영화도 되찾아질 수 있을까? 몽골의 꿈을 간직하고 있는 듯한 하라호른은 초원 위의 점처럼 막막하게 자리 잡고 있다. 한없이 작아져서 마침내 더 작아질 것조차 없을 때 비로소 새로운 세기가 열리는 것일까? 하라호른은 그저 초원의 작은 마을일 뿐이다.

도시 밖으로 나서자, 넓디넓은 사원이 하나 자리 잡고 있다. 에르덴조 사원이다. 에르덴조는 '보석 같은 사원'이라는 뜻이다. 해발 1,400m의 고원에 보석처럼 소중한 사원을 세운 옛 몽골 사람들의 마음은 어떤 것이었을까? 에르덴조는 몽골 최고│最古│의 절이다. 한글 창제와도 밀접한 관련이 있다는 파스파 문자를 만든 스님 파스파가 티베트에서 몽골로 왔을 때 그를 위해 만든 사원이 바로 에르덴조다. 샤머니즘이 강한 나라였던 몽골에서 티베트 불교의 고승 파스파는 신성하고 존귀한 존재였을 것이다. 그래서 왕궁의 터를 사원으로 지어 그에게 정착할 수 있게 터전을 마련해준 것이리라.

1586년 건립을 시작해 짓다가 중단되기를 여러 차례 거듭한 끝에 1808년 건축가인 만조사르에 의해 완성된 에르덴조는 이후 몽골의 사회주의화 과정 속에서 대부분 파괴된다. 전각 몇 채만 남기고 폐허로 변한 에르덴조가 다시 복원된 것

에르덴조
사원의 스투파.
모두 108개다.
번뇌의
상징일까?

에르덴조
사원 일부.
하늘과 맞닿아
싱그러우면서도
쓸쓸함이
느껴지는 역사의
흔적이다.

은 1990년 몽골이 사회주의를 버리고 자본주의 체제를 도입하면서다.

사원은 멀리서 보기에도 웅장하고 거대하다. 담 위에 모두 108개의 스투파|탑|가 초원의 바람에 제 몸을 드러내고 있다. 초원의 바람도 거대한 종교인 티베트 불교의 흐름을 막을 수 없다는 상징일까? 아니면 초원에서는 존재하는 모든 것이 덧없다는 표식일까? 스투파는 방문자에게 무표정한 풍경으로 남아있을 뿐이다.

절 안으로 들어서자 왼편으로 몇 채의 건물들이 늘어서 있다. 중앙 절, 라마 절, 전각들이다. 한 건물 안으로 들어서자 스님들이 모여 불경을 읽고 있다. 나이와 얼굴이 각각인 스님들의 눈빛이 맑다. 세상의 모든 욕심이 스님들의 눈빛 속에서 스러지는 것 같다.

한 건물의 귀퉁이에서 한 스님이 휴대폰을 들고 열심히 통화중이다. 문명의 침입은 이 초원의 스님들도 결코 피해갈 수 없나 보다. 그런데 자꾸 스님의 통화 상대가 내가 달려온 흡스골 저편의 아득한 햇살이거나 바람, 혹은 호수의 물결이나 시베리아 낙엽송쯤으로 느껴진다.

여기는 하라호른입니다. 오늘은 바람이 좀 빠르네요. 풀이 더 많이 허리를 굽히네요. 그곳은 어떠신지요? 아, 예. 여기 흡스골은 햇살이 좋은 날이에요. 제 몸 위로 내려앉는 햇살이 맑고 투명하거든요. 발치의 바람꽃도 솔채꽃도 지금은 햇살을

휴대폰을
사용하는 스님.
세상 밖이 아니라
초원 어딘가로
보내는 신호음이
아닐까?

즐기는 시간입니다. 무사태평, 세상의 시간이 다 여기서 잠든 것 같군요. 그래요? 제 눈에 시베리아 낙엽송님의 느긋한 모습이 선하게 그려지는군요. 언제 한번 길 떠나지요. 가서 그곳 호숫가에 마음 두고 오는 날을 그려봅니다. 바람처럼, 햇살처럼 내내 평안하시길! 그럼 또 걸지요. 바이스떼!

다른 건물을 향하는데, 스님 셋이서 망루 같은 곳에 올라가 뿔 나발을 분다. 그 소리가 절을 벗어나 몽골의 초원으로 퍼져 나간다. 생이란 덧없고 덧없어 저렇게 초원으로 흩어지는 한 줄기 뿔 나발 소리 같은 것이라는 듯, 그 소리는 내 마음 안에 천천히 가라앉는다.

사람들이 북적북적한 건물이 나타난다. TV 카메라가 여러 대이고, 한 서양 사람이 스님과 인터뷰를 나누고 있다. 인터뷰를 하고 있는 스님의 눈빛 또한 한없이 맑다. 독일에서 취재 왔다고 하니, 스님은 이 절의 고승일 것이다. 그런데도 얼굴빛은 사춘기 소년같이 수줍다.

건물을 나오자, 왼편은 아득하게 넓고 넓은 빈터다. 예전에는 셀 수 없을 만큼 많은 게르들이 있던 자리란다. 황제조차 궁궐 내에 설치된 게르에서 생활했단다. 이제는 게르 터만 남고 게르는 자취조차 없는 것도 당연하다. 몽골은 바람의 나라, 초원의 땅이니까 말이다. 어떤 문화유적조차 제대로 남아 있지 않은 곳이 몽골이다. 바람 따라 흐르고, 풀을 찾아 떠나는 삶에서 문명이니 유적이니 하는 것은 얼마나 덧없는 것일까? 억지로 무엇을 남겨 기념하고 기억하게 하는 인간 행위의 덧없음을 몽골에서는 실감하게 된다.

그래서 몽골 여행은 눈 밝은 사람, 아니 마음 밝은 사람만이 참맛을 찾을 수 있다. 바람에 흔들리는 풀에서, 구릉 너머에 나직하게 내려앉는 햇살에서 천 년 전의 시간을 엿보는 마음을 지닌 사람만이 몽골의 내면을 볼 수 있다. 몽골 여행은 사실보다는 정서가 중심인 것도 그런 때문이다.

나는 한동안 멈춰 서서 아무것도 없는, 그저 웃자란 풀들이 바람에 흔들리는 궁터의 풍경을 바라본다. 텅 비어 있음으로 해서 가장 몽골다운 곳이 바로 여기다. 없기 때문에 가득차 있는 곳이 에르덴조 사원이다.

아들 녀석과 함께 기념품점에서 바타르헌드 하나를 사 들

고 궁궐을 나선다. 바타르헌드는 놋쇠로 만든 울림통인데, 막대로 표면에 대고 천천히 돌리면, 맑고 은은한 소리가 공명하며 점점 크게 울린다. 그 소리는 초원을 스쳐가는 바람 소리다. 바타르헌드의 표면에는 '옷마니밧메홈'이라는 글자가 새겨져 있다. '연꽃 속의 보석이여'라는 뜻이다. 바타르헌드는 악귀를 쫓는다는 벽사 | 僻邪 | 의 의미를 지니고 있지만 그런 의식보다는 비어 있는 초원의 삶을 더 보여주는 것 같다. 비어 있어 더 큰 공명을 울리는 바타르헌드처럼 비어 있어 더 아름다운 땅, 몽골에서는 절을 채우지 않고 비워놓아 더 아름답다. 그 아름다움은 결코 화려하지 않다. 그저 은은하고 푸근할 뿐이다. 진정한 아름다움은 많이 채워서는 결코 완성되지 않음을, 에르덴조 사원은 눈앞에 펼쳐 보여준다.

사원 앞 구릉에 가까이 가니, 남근 모양의 바위를 깎아놓았다. 오래전 에르덴조 사원의 스님들이 공부에 전념하지 않고 음탕한 생각을 했다고 한다. 왜 그런가 했더니 절 앞 구릉 골짜기가 여성의 성기를 닮은 모양새라서 음기가 강했기 때문이었단다. 그래서 그 골짜기가 내려다보이는 앞에 남근 모양의 바위를 놓아 음기를 다스렸다고 한다. 이후 아기를 갖고 싶은 아낙네들이 이곳 남근바위에 빌러오곤 했단다.

남녀가 어울려 사는 곳에는 어디나 성과 관련된 이야기가 전해지기 마련이다. 성과 관련된 설화가 적은 몽골에서도 이런 이야기가 드물게나마 전해지는 것은, 성은 영원한 인간의

에르데조 사원의
스님들과 어워.
뿔 나발을
부는 스님,
독일 방송과
인터뷰하는
스님, 강원으로
들어서는
스님들의 모습이
신비롭다.

과제임을 상징적으로 보여준다. 초원의 땅에서 성은 자본의
도시에서와 달리 상품이 아니라 생명력이다. 초원의 향기로
잉태하고, 초원의 바람과 햇살로 자라는 초원의 아이들이 바
로 그 성의 결과물이다. 그래서 에르덴조 사원 앞 남근석과 여
근곡은 음탕하게 느껴지지 않는다. 오히려 싱싱하고 당당하
다. 몽골 아이들의 몸에서 당당하고 싱그러운 풀향내가 나는
것도 그 때문일까?

  구릉을 올라가니, 거북 바위가 있다. 거북 모양을 깎아놓
은 바위다. 경계의 표시였다고 하는데 내게는 그런 상징물로
만 보이지 않는다. 거북은 남성을 상징한다. 여근곡 위에 거북
바위를 놓은 것 역시 몽골인들의 성적 생명력을 상징하는 것
은 아닐까 하는 생각이 자꾸 든다.

남근석과 그 앞의 여근곡. 초원에서는 성이 상품이 아니라 생명력의 상징이다.

거북 바위에서 구릉 끝쪽으로 어워가 하나 자리 잡고 있다. 어워 옆에는 죽은 말의 머리들이 가지런히 놓여 있다. 나담 축제 | 몽골의 민족 스포츠 경기. 경마, 활쏘기, 씨름, 3종으로 이루어져 있다 | 에 참가하고 죽은 말들의 머리뼈란다. 그 말들의 영혼을 위로하기 위해 어워에 놓은 것이라는데, 그렇게 하면 다시 말로 환생할 수 있다고 믿는단다. 말은 정말 죽은 뒤 다시 말로 태어나기를 바랄까? 다시 태어나 또 나담 축제에서 죽을 힘을 다해 달린 뒤 결국 죽고 만다면, 말은 영원히 말이라는 윤회의 사슬에서 벗어나지 못하는 것 아닌가? 그렇다면 말의 뼈를 어워에 놓는다는 것은 말에게 행운일까, 아니면 불행일까?

초원에서는 그런 덧없는 생각조차 아름답다. 에르덴조 사원 전경을 내려다 본다. 마치 초원의 울타리처럼 보인다. 그

울타리를 거리낌 없이 바람이 불며 지난다. 초원의 바람은 어떤 경계도 방해 받지 않고 넘나든다. 초원은 온전히 자유의 땅이다. 나는 넋을 놓고 시야 끝까지 펼쳐진 초원의 풍경을 바라본다. 머릿속이 하얗게 지워진다. 존재에 대한 인식조차 벗어나게 만드는 풍경이 거기 영원히 변하지 않을 것 같이 펼쳐져 있다.

한바탕 꿈처럼
달려온 길 2000km
|

다시 길을 떠난다. 모든 길은 끝 간 데 없이 펼쳐진다. 그러나 여행자의 길은 결국은 처음으로 돌아오기 마련이다. 울란바토르로 돌아가는 길, 그 길은 여전히 초원 가운데 하나의 금으로 남아있을 뿐이다. 아득막막하다. 내내 평안했던 길이 막막해 지는 것은 여행이 끝을 향하기 때문이다.

그런 내 마음을 아는지, 바람이 마구 불며 등을 떼민다. 풀들은 일제히 바람 부는 방향으로 누웠다가 다시 곧추선다. 그러곤 언제 섰냐는 듯, 다시 눕는다. 내 몸조차 바람에 눕는다. 이대로 초원의 어느 귀퉁이에서 스러져 한 포기 풀로 남을 것만 같다.

돌아가는 길에 엘승 타사르하이를 지난다. 온통 모래벌판이다. 초원과 고비 사막이 맞닿은 곳이란다. 이곳은 갈림길

구릉 위 어워 옆에
놓인 말 머리뼈.
다시 말로 태어나야
하는 억겁의 윤회의
짐이 느껴진다.

이다. 이 길에서 '모래가 갈라진 곳'이라는 뜻의 고비 사막이
시작된다. 이 길에서 나그네는 여행의 갈림길에 맞닥뜨린다.
여전히 초원은 아득하게 펼쳐져 있고, 때때로 언덕길에 어워
가 놓여 있고, 야생화 벌판이 환몽처럼 놓여 있다. 가끔씩 빗
줄기를 뿌리는 구름이 지나가고 난 뒤 꿈처럼 무지개가 뜨기

어워에서 바라본
에르덴조 사원
전경. 사원이든
궁궐이든 그저
초원 위의 하나의
점일 뿐이다.

도 한다. 그러나 엘승 타사르하이 이후부터는 그런 풍경이 더 이상 같은 풍경이 아니다. 같은 풍경이지만 다른 풍경으로 남는다. 여행이 끝나가고 있고, 몽골과 작별할 시간이 다가오고 있기 때문이다. 그래서 그 풍경은 환희의 풍경이 아니라 허망의 풍경이 된다.

초원의 한 주유소에서 앤드류라는 호주 사람을 만난다. 그의 차에는 멜버른−모스크바라고 써 있다. 호주에서 출발해 부산항을 거쳐 우리나라 동해항에서 블라디보스토크를 거쳐 흡스골로 가고 있는 길이란다. 그는 최종 목적지가 모스크바라며 싱긋이 웃는다. 그의 웃음조차 허망하다. 그는 여행의 중간에 있고, 나는 여행의 끝자락에 있기 때문이다. 끝이 바라보는 중간은 얼마나 덧없는 것인가!

길이 지루하다. 더 떠나갈 곳을 찾지 못한 나그네의 허망한 심정 때문이다. 초원에 뉘엿뉘엿 해가 진다. 천천히 어두워지던 초원은 어느 순간 갑자기 깜깜해진다. 초원 저편에서 불을 밝힌 채 큰 트럭이 다가온다. 밤새도록 달려 저 트럭은 어느 곳에 닿을 것인가! 트럭이 닿을 곳은 이 세상 위의 목적지가 아니라 또 다른 세계로 향하는 길일지도 모른다.

달려도 달려도 어둠뿐인 길을 차는 지친 기색도 없이 달린다. 어둠이 흐르고, 때때로 스치는 불빛도 흐르고, 차창 밖 어둠 속에서 나를 뚫어져라 바라보고 있는 또 다른 나도 흐른다.

몇 개의 구릉을 넘어서자 저 멀리 도시의 불빛이 보인다. 그런데 그 도시가 낯설다. 그동안 내가 흘러온 초원의 풍경과 너무나 다르기 때문이리라. 그렇다면 내가 달려온 그 길은 꿈인가? 세상에서 가장 행복한 꿈이 바로 초원의 꿈임을, 나는 그 도시 울란바토르의 불빛들을 보며 새삼 믿게 된다. 내가 달

초원으로
뻗은 길.
길이 삶이고
삶이 길인
몽골의 모습.

엘승 타사르하이
모래벌판에서
만난 몽골 사람들

꿈 같은 몽골
풍경을 나는
언제까지나 잊지
못할 것이다.

려온 총 2,007km의 길이 온통 꿈이었음을, 그 꿈속에서 나는 내 생애 가장 평안한 풍경과 맞닥뜨리는 꿈을 한바탕 꾸었음을, 그리고 앞으로 내가 걸어가야 할 모든 길도 영원히 그 꿈과 같을 것임을……

나는 차창에 기대 천천히 눈을 감는다. 그러자 눈앞에 숱한 풍경들이 스쳐 지나간다. 그 풍경들은 꿈이 내게 새겨놓은 각인일까?

바이스떼, 홉스골!

안녕, 그리운 초원길

TIP } 하라호른과
에르덴조 사원

하라호른은 오르혼 강 유역에 위치한 몽골의 고대 도시다. 흉노 시대부터 몽골 제국에 이르기까지 하라호른은 이 땅의 중심이었다. 드넓은 초원과 오르혼 강의 풍부한 수량이 이곳을 몽골의 문화 · 경제 중심지로서 자리 잡게 했다.

칭기스칸의 아들인 오고타이가 하라호른에 수도를 세운 후 이곳은 세계의 중심지로 발돋움했다. 당시 몽골이 세계의 지배자 자리를 차지하고 있었기 때문에, 각국의 사절들이 하라호른에 머물며 정치 · 문화 교류를 하게 된 것이다. 기록에 의하면 당시 하라호른에는 중국인을 비롯해 영국인, 러시아인, 프랑스인 등 각국의 인물들이 거주하고 있었으며, 불교와 기독교, 이슬람교가 자유롭게 종교 활동을 하고 있었다고 한다.

몽골의 4대 왕인 쿠빌라이칸이 1266년 수도를 지금의 북경으로 옮기고 원나라를 개국한 뒤, 하라호른은 국제적 도시로서의 명망을 잃고 쇠퇴의 길로 들어선다.

사람들의 머리에서 지워진 하라호른이 다시 세상에 모습을 드러낸 것은 1889년이었다. 러시아 학자인 야드린체브에 의해 하라호른이 몽골 제국의 수도였음이 밝혀지고, 이후 약 60년에 걸친 발굴 조사가 이루어졌다. 몽골 정부는 2050년에 수도를 울란바토르에서 이곳 하라호른으로 옮길 계획이라고 한다.

에르덴조 사원은 1586년 세워진 몽골 최초의 라마 불교 | 티벳 불교 | 사원이다. 이 절이 건립되기 전에도 몽골에는 티벳 불교가 전파되어 있었다. 하지만 당시 몽골인들에게 불교보다 샤머니즘이 더 강한 영향력을 미치고 있

었으며, 제대로 된 불교 사원조차 존재하지 않았다. 그런데 티벳 불교의 강화된 위상을 보여 주는 절이 바로 에르덴조 사원이다.

에르덴조 사원은 아쁘타이 사잉 칸에 의해 건립되었는데, 공사에 사용된 건축자재들은 왕궁의 건물에 있던 것들을 재활용하였다고 한다. 몽골 제국의 궁궐이 에르덴조 사원의 일부로 사용된 셈이니, 당시 티벳 불교의 영향력이 얼마다 확대되고 있었는지를 짐작해 볼 만하다.

청나라가 몽골을 침략했을 때부터 파괴되고 버려져 사람들의 관심에서 멀어졌던 에르덴조 사원은 1808년 건축가인 만조사르에 의해 복원되기 시작했다. 현재 남아 있는 사원 외벽의 108개 스투파│불탑│는 모두 그 무렵 만들어진 것이라고 한다.

에르덴조 사원의 굴곡진 삶은 그것으로 끝나지 않는다. 천신만고 끝에 복원된 절은 1930년대 스탈린주의자들에 의해 세 채의 절만 남긴 채 파괴되고 승려들은 모두 추방되는 등, 또 다시 암흑의 나날을 보내게 된다. 당시 절에 있는 많은 유물들은 주민들이 몰래 가져다 보관해 두었다가 훗날 절이 다시 과거의 영광을 찾았을 무렵 빛을 보게 만들어주었다고 한다. 그러므로 에르덴조 사원은 몽골 민중들이 지켜내고 살려낸 절이라고 할 만하다.

숱한 부침을 겪어온 탓일까? 에르덴조 사원 남쪽 전망대에서 내려다보면, 사원은 쓸쓸하기까지 하다. 초원을 스쳐온 바람이 절 담장의 불탑을 흔드는 것 같은 그 풍광은, 과거도 현재도 다 지나가는 것이라고 속삭이는 듯하다.

3.

이승의 삶이란 말라가는 사막의 풀처럼 미미한 것일까

고비 사막에 죽어
누워 있는 말.
고비의 가뭄이
눈에 보이는 듯
하다.

초원길에서 돌아와
사막길을 꿈꾸다

|

흡스골 여행길에서 돌아온 밤, 울란바토르의 불빛은 낯설었다. 열흘 넘게 떠돌던 초원길과 번잡하고 복잡한 도시의 풍경이 너무 이질적이었던 탓일까? 나는 오래도록 잠들지 못하고 뒤척였다.

그날 밤, 나는 잠결에 뒤척이다가 생생한 꿈을 하나 꾸었다. 몸은 한없이 피곤한데 쉽게 잠들지 못했던 것이 오히려 그런 꿈을 꾸게 한 것일까? 그 꿈은 몇 해 전 떠났던 고비 사막 여행을 생생하게 되살려 낸 것이었다.

초원길에서 돌아와 나는 다시 꿈속에서 사막길 여행을 떠났다. 현실과 꿈 사이에는 어쩌면 그리움이 자리 잡고 있는지도 모르겠다. 그리움이 꿈속에서 나를 부르고, 나는 그 그리움을 따라 먼 길을 떠난 것이리라. 그리움 때문에 고비 사막길은 더 생생했다. 나는 울란바토르의 새벽 먼동이 트기 전 침대에 앉아 창밖을 멍하니 바라보며 여전히 눈앞에 펼쳐지는 사막의 풍경을 곱씹어보았다.

오전 8시에 울란바토르 공항을 출발한 비행기는 약 한 시간 반을 날아 달란자드가드 공항에 도착한다. 그 한 시간 반 내내 내려다보이는 풍경은 나무 한 그루 없는 산들과 사막이다.

그저 막막한 풍경 앞에 마음이 답답해지기까지 한다. 저토

활주로도 없이
맨 땅에
내려앉는 비행기.
사막의 품은
이렇게
푹신한 것일까?

록 넓은 땅에 나무 한 그루 없고, 집 한 채 없다니. 아니 나무는 고사하고 풀조차 제대로 자라지 않는 것 같은 무인지경의 땅을 바라보고 있자니 몸이 딱딱하게 굳어 오는 것 같다.

우리가 탄 50인승 비행기가 고도를 점점 낮추기 시작한다. 착륙을 안내하는 방송이 나온다. 그런데 지상으로 내려와도 활주로가 보이지 않는다. 비행기는 금방 땅에 닿을 듯 내려앉는데, 여전히 활주로는 없다.

덜컹대더니 기체가 약간 흔들리고, 비행기는 달란자드가드 공항에 멈추어 선다. 내리면서 보니 여전히 활주로는 없다. 아니, 활주로가 있기는 있다. 검정색과 노란색을 칠해 놓은 시멘트 덩어리를 띄엄띄엄 늘어놓은 것이 활주로의 전부다. 비행기는 맨땅에 사뿐히 내려앉은 것이다.

시골 기차역
대합실 같은
달란자드가드
공항 청사. 검색도
없이 그저 가방을
메고 내리면
그걸로 끝이다.

생존의 땅 사막길을 지나
독수리 계곡으로

|

포장된 활주로보다 더 푹신하게 내려앉는 느낌, 사막의 품
에 안기는 순간이다. 사방을 둘러봐도 끝없는 지평선뿐이다.
눈이 저절로 아득하게 감긴다.

짐을 챙기고 공항 청사로 들어가는데, 아무런 수속도 없
다. 그저 짐을 메고 나서면 그뿐이다. 시골 대합실 같은 풍경
이다.

낡은 버스를 타고 게르에 도착해 짐을 풀고 나자, 고비 사
막의 쨍쨍한 햇살이 대지를 달구기 시작한다. 그러나 그늘에만
들어서면 상쾌하기 그지없다. 습도가 낮기 때문이다. 한동안

욜링암 가는 길.
계곡 너머 하늘은
푸르고, 구름은
투명하다.

어학-모질게 시리즈

모질게 토익
📱 Phone 무료

모질게 토익 브랜드 공식 무료 어플리케이션
500개 이상의 저자 직강 토익/토익 스피킹/영어 동영상 강의와
도서 mp3, 베스트셀러 및 신간 소개 제공

모질게 토익 VOCA
📱 Phone $4.99

발음 청취 훈련, 실전 모의고사로 토익 어휘 마스터
파트별 빈출 어휘 및 혼동 어휘, Review Test 제공
고득점 공략 단어와 파트 5 모의고사 5회분 수록, 파트 5, 6 집중해부

모질게 듣기만 해도 느는 텝스 LC
📱 Phone $4.99   🤖 Phone 4,900원

국내 최초 텝스 리스닝 훈련 프로그램!
대화 또는 담화로 구성된 1-2-3단계의 지문 100개
+ 최대 1,000개 업다운 텝스 어휘 수록

모질게 듣기만 해도 느는 토익 LC
📱 Phone $4.99   🤖 Phone 5,900원

T스토어, 일본 앱스토어 1위! 토익 어플의 최강자
최초 토익 리스닝 훈련 앱 전 문장 영국 발음 제공!
파트별 1,500문장+58개 예문+2,000개 어휘 수록

모질게 듣기만 해도 느는 일본어
📱 Phone $4.99   🤖 Phone 5,900원

블로거 '당그니' 김현근 선생님의 일본어 회화
단계별 청취와 어휘/패턴 테스트 수록
50음도 훈련 및 전체 문장 듣기 모드 제공

모질게 패턴 영어회화
📱 Phone $3.99

백선엽 저자의 생활 회화 패턴과 문장 학습
필수/동사/활용 패턴 각 50개와 패턴별 예문 학습
전체 패턴 문장과 대화문을 이어 들을 수 있는 음성 학습 기능 제공

성인

알콩 달콩 경제학 1, 2
📱 Phone / Pad 각 권 $4.99

만화로 읽는 알콩달콩 경제학!
주식, 펀드, 채권, 부동산에 투자하기 전에 꼭 읽어야 할
『정갑영 교수의 만화로 읽는 알콩달콩 경제학』을 앱으로 만난다!

Real Palm
📱 Phone / Pad $0.99

궁금증 해결! 손금 어플 Real Palm
정확한 인식, 체계적인 분석, 유연한 작동, 깔끔한 그래픽으로
언제 어디서나 바로 손금 보기가 가능한 앱!

나를 위로하는 클래식 이야기
📱 Phone $4.99

메마른 마음을 적시는 클래식의 나지막한 울림
최고의 클래식 전문가 진회숙이 들려주는 에세이와 함께
클래식 음악을 다운로드 없이 듣는 스마트시대 교양 필수 앱!

가계도
📱 Phone / Pad $0.99

실생활 100% 활용 가능한 가계도 정리 APP
유난히 복잡한 친인척 호칭과 인적 사항 정리를
가계도 어플리케이션 하나로 명쾌하게 정리

홈페이지 www.book21.com

21세기북스

수수께끼 풀이는 저녁식사 후에

謎解きはディナーのあとで

히가시가와 도쿠야 東川篤哉 소설
현정수 옮김

2011 북이십일 도서목록

대기업 기관 단체 주문 쇄도

여럿이 한 호흡
트와일라 타프 지음 / 값 12,000원

천재 안무가가 말하는 성공하는 조직의 첫 번째 습관

한 호흡으로, 하나의 심장이 되어 함께 뛰어라! 성공은 1%의 영감과 99%의 협력에서 시작된다! 40여 년간 무용계에서 전설을 만들어낸 세계적인 안무가 트와일라 타프는 '누군가와 함께 일하는 것'을 통해 '협력의 중요성'을 이야기한다.

직원 우선주의
비니트 나야르 지음 / 값 14,000원

고객이 아닌 직원이다! 1억 명 직원을 둔 CEO의 경영 전략

예측 불가능한 시대에 유연하게 대처할 수 있는 살아있는 조직을 꿈꾸는가?
이 책은 변화를 두려워하는 기업들에게 고유한 가치를 창출하고 경쟁사와 차별화될 수 있는 근본적인 전략을 제시한다!

아침 수목원
이동혁 지음 / 값 13,000원

바위보다 단단해진 풀처럼, 서둘지 않고 피는 꽃처럼

인생을 엮는 6가지 테마로 숲의 질서에서 삶의 질서를 이야기한 작품이다.
오랜 시간 묵묵하게 피어나는 꽃을 따라 걸어간 길, 그곳에서 발견한 자연이 인간에게 주는 무한한 지혜에 귀를 기울인다. 내 안 어딘가에도 살고 있을 바람과 흙과 꽃과 나무의 노래를…

속도에서 깊이로
윌리엄 파워스 지음 / 값 15,000원

우리는 왜 항상 초조하고 불안한가?

깊이가 필요한 시대, 천천히 느끼고 제대로 생각하는 법! 어디까지가 군중의 의견이고 어디서부터가 내 의견인가? 인터넷을 꺼라. 스크린에서 눈을 떼라. 휴대전화도 꺼라. 멈추고, 호흡하고, 생각하라. 그러면 전 세계가 당신의 마음과 함께 속도를 늦출 것이다!
나는 이 책을 샀다. 조용한 시간이 필요했기 때문이다. _월스트리트저널

나는 탁월함에 미쳤다
공병호 지음 / 값 15,000원

공병호, 처음으로 자신에 대해 말하다!

탁월함을 향한 끝없는 도전. 최고의 1인 기업가, 공병호는 과연 어떻게 성공할 수 있었을까? 자기 힘만으로 자신의 길을 개척하려면 성공의 방법이 필요하다. 공병호가 인생 50년을 살면서 깨달은 성공의 법칙!

우리 각자가 어떻게 살아야 하는지에 대한 영감을 얻고 싶은 이들을 위한 책

송재용의 스마트 경영
송재용 지음 / 값 15,000원

서울대 최고 명강의 송재용의 탁월한 경영 통찰

삼성, SK 등 주요 기업의 경영자문교수로 활발하게 활동한 서울대 송재용 교수는 시장과 경영의 패러다임이 어떻게 이동하고 있으며, 이런 패러다임의 변화 속에서 한국 기업은 어떻게 해야 초일류로 거듭날 수 있을지 그 해법을 제시한다.

이 시대 최고의 경영 대가들이 강력히 추천하는 책

대기업 기관 단체 주문 쇄도

똑바로 일하라
제이슨 프라이드 · 데이비드 하이네마이어 핸슨 지음 / 값 14,000원

매일 야근만 하는 바보들을 위한 혁신적인 일의 기술

"대체 언제까지 그렇게 미련하게 일할 것인가?"라고 우리를 다그치며 세상은 이렇게 변했는데 왜 일하는 방식은 변하지 않았느냐고 우리에게 반문하는 책. 미련하게 일하고 있는 우리에게 저자들은 불손하고, 발칙한 자신들의 성공 법칙을 들려준다.

이 책을 무시하면 위험해진다! _세스고딘

아마존 뉴욕타임즈 베스트셀러

스토리를 팔아라
김창국 지음 / 값 13,000원

100년이 지나도 통하는 스토리 세일즈의 힘

"상품을 팔고 싶다면 고객을 위한 대본을 준비하라!" 사람들은 저자를 '보험업계의 탁월한 이야기꾼'이라고 말한다. 스스로도 자신을 세일즈맨이 아닌 '스토리텔러'라고 말하는 그는 스토리를 통해 성공을 거듭해온 노하우를 낱낱이 공개했다. 세일즈에 힘 들어하는, 성공에 목말라하는 직장인에게 효과적인 지침서가 되어줄 것이다.

2011 베스트 창업 아이템 100

한국창업전략연구소 지음 / 값 18,000원

베이비붐세대, 제2의 인생을 성공으로 이끄는 로드맵

검증된 데이터를 통한 과학적이고 체계적인 분석! 창업자의 성향과 상황에 맞는 적절한 아이템 선정 툴을 제시한다! 비장한 마음으로 제2의 인생을 준비하지만 시작부터 막막함이 앞서는 초보창업자들을 위해 한국의 대표적인 창업 프랜차이즈 컨설팅 기업인 한국창업전략연구소가 그 해답을 제시해준다.

상상에 빠진 인문학 시리즈

상상 한계를 거부하는 발칙한 도전 임정택 지음
몸 멈출 수 없는 상상의 유혹 허정아 지음
지도 세상을 읽는 세상의 프레임 송규봉 지음 / 각 권 값 13,000원

모두가 상상하는 시대, 상상력 DNA를 키워라!
상상력 노마드들을 위한 지적 안내서

대한민국 대표 경영학 강의 시리즈

영업은 기획이다 진병운 지음 / 값 14,000원
미래형 리더의 조건 백기복 지음 / 값 15,000원
재무관리 전략 박종원 지음 / 값 16,500원
글로벌 경영전략 박영렬 지음 / 값 15,000원
B2B마케팅 한상린 지음 / 값 16,000원

분야별 최고의 전문가가 펴낸
최고의 콘텐츠

수수께끼 풀이는 저녁식사 후에

히가시가와 도쿠야 지음 / 값 12,500원

2011 서점대상 1위 베스트셀러, 출간 직후 150만 부 돌파!

재벌 2세 여형사 & 까칠한 독설 집사, 본격 미스터리에 도전하다!
"이렇게 짜증나는 집사는 처음본다. 그런데 재미있다!"

유머러스한 본격 미스터리로 정평이 나 있는 저자의 진가가 발휘된 작품으로,
특히 개성 있는 등장인물이 매력적이다. 추리도 유머도 수준이 높다. _아사히 신문

나가사키

에릭 파이 지음 / 값 10,000원

2010년 아카데미 프랑세즈 소설 대상 수상작

타인의 집에 숨어 살아야만 했던 한 여성의 놀라운 고백. 2008년, 아사히 신문을 비
롯한 여러 신문에 보도되었던 실제 사건을 바탕으로 한 이 작품은 집주인 몰래 사용
하지 않는 이불 벽장 속에 숨어 산 한 일본 여인의 이야기를 담고 있다. 작가는 집주
인과 주거 침입자 각각의 시점을 통해 하나의 이야기를 다각도에서 조명한다.

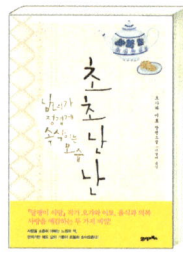

초초난난

오가와 이토 지음 / 값 13,500원

『달팽이 식당』의 저자 오가와 이토의 두 번째 장편소설

"맛있는 것을 같이 먹고 싶은 사람이 있습니다."
앤티크 기모노 가게를 배경으로 평범한 일상 속에서 자라나는 사랑의 감정을 그려내
며 음식에 담긴 '영혼 치유의 힘'을 섬세한 문체로 표현했다.

빛과 물질에 관한 이론

앤드루 포터 지음 / 값 12,500원

끊임없이 떠오르는 그날의 기억, 지워지지 않는 순간의 이야기

누구에게든 하나쯤 있기 마련인 '지워지지 않는 어떤 순간'을 회상하고, 시간이 지난
다음에도 그 기억에 아파하며 살아가는 이들의 이야기들을 편안한 언어로 그려냈다.
상처나 아픔으로 남은 기억이라고 해도 그 역시 지금의 자신을 있게 한 소중한 과거
중의 하나라는 사실을 이야기한다.

2008
플래너리
오코너상
수상작

21세기북스

우리 아이 상상에 빠지다

EBS 다큐프라임 〈상상에 빠지다〉 제작팀 지음 / 값 14,000원

방영 후 폭발적인 화제를 모았던 EBS 다큐 프라임

내 아이의 미래를 바꾸는 상상 교육 바이블. 내 아이에게 딱 맞는 상상력 키우기 전략을 통해 아이의 생각하는 힘을 길러주자! 이 책은 세계적으로 인정받고 있는 상상력 학교의 교육 프로그램과 상상력이 풍부한 영재들의 특성을 살펴보면서, 상상력을 기르는 구체적인 전략 7가지를 소개한다.

종이컵 다이어트

손유나 지음 / 값 12,000원

1년 동안 100명 도전, 100명 모두 성공!

입소문으로 인정받은 기적의 다이어트 법 대 공개. 밥 1컵, 채소 1컵, 단백질 0.5컵으로 끝내는 종이컵 다이어트! 칼로리 계산도, 운동도 필요없는 종이컵 다이어트 2주 프로그램으로, 요요현상 없는 기적의 살빼기를 시작하라.

세시봉 이야기

김종철 지음 / 값 15,000원

세시봉 '대학생의 밤' '명사와의 대화' 기획자 김종철이 들려주는 음악 + 낭만 + 우정 이야기

그립지만 돌아갈 수 없어서 더욱 그리워할 뿐이다. 음악 다방 세시봉의 문을 열고 들어서자마자 폭풍처럼 휘몰아치던 음악의 선율. 그곳은 청춘의 광장이자 성지이자 대중스타들을 대거 배출한 산실이었다!

창의적인 지식과 지혜의 보고인 '문화의 바다로' 풍덩!
문화의 바다로 시리즈
김종철 지음 / 각 권 값 16,000원

당신의 종교는 옳은가
교육인가 사유인가
글쓰기가 삶을 바꾼다
음악, 삶의 소리를 듣다
영화, 삶의 풍경을 찍다

21세기북스 트위터 @21cbook 블로그 b.book21.com 전화 031-955-2153 홈페이지 www.book21.com

능선과 구름이
눈부신 욜링암의
어느 길모퉁이

게르 앞 의자에 앉아 아득한 지평선을 눈 닿는 곳까지 바라본다. 몽골 사람들은 초원의 아득한 끝에 있는 말과 낙타를 분별할 수 있을 정도로 시력이 좋다고 하는데, 고비 사막의 지평선을 바라보면 그럴 수밖에 없으리라는 생각이 절로 든다.

11시쯤에 욜링암을 향해 떠난다. 욜링암은 '독수리 계곡'이라는 뜻이다. 사막에 계곡이 있다는 말에 기대가 부푼다. 버스는 길도 없는 곳을 잘도 찾아 달린다. 그저 차들이 다닌 바퀴 자국이 있어 길이라고 하는지, 이정표가 될 만한 것은 아무것도 없다. 그래도 운전기사는 용케 길을 잃지 않고 달린다.

사방을 둘러봐도 온통 지평선뿐이다. 사막은 모래언덕이 아니라 황무지다. 드문드문 낮은 풀들이 자라고 있고, 군데군데 말이나 낙타가 풀을 뜯고 있다. 그리고 지평선 끝에는 깊이를 가늠할 수 없도록 시린 하늘이 있고 그 위로 몇 점 구름이 떠 있다.

흡스골 가는 길의 초원과는 또 다른 모습이다. 초원이 비옥한 풍경의 땅이라면, 고비 사막은 치열한 생존의 땅이라고 할 수 있다. 초원에는 풀들이 무수히 자라고, 말과 양 떼들은 그저 느릿느릿 지천의 풀을 뜯어 먹기만 하면 된다.

그러나 고비 사막의 평원은 한 줌의 풀도 먼저 먹어야만 살아남을 수 있는 생존의 땅이다. 몇 년째 가뭄이 들어서 풀이 점점 사라져가기 때문에 짐승들에게는 풀 한 포기도 소중하기 그지없다. 풀이 더 있는 곳을 찾아 짐승을 몰고 게르를 옮겨야 하는 고비 사막의 삶은 막막할 수밖에 없다.

한참 평지를 달리던 버스가 산기슭으로 접어든다. 욜링암에 가까이 온 것이다. 사막에 이런 골짜기가 있다니 신기하기 짝이 없다. 제법 풀도 많이 자라고, 깎아지른 벼랑 위로 독수리들이 날고 있다. 땅에는 꼬리가 잘린 듯 뒤가 뭉툭한 쥐들이 돌아다니다 우리를 보고 놀라 굴속을 숨어든다. 초원길에서 만났던 조름 같다.

골짜기를 따라 걸어 들어가니 졸졸졸 냇물도 흐른다. 냇물을 가로질러 건너가는 뱀도 있다. 황막한 사막에서 만나는 냇물과 온갖 생물들은 얼마나 신비로운가! 아무것도 존재할 것 같지 않은 아득 막막의 사막과 그 한가운데 뿌리 내리고 생의 치열한 하루하루를 견뎌내야 하는 생명들의 대조가 신비감을 불러일으키는 것이리라.

어쩌면 우리의 일상이란 사막 어딘가에 자리 잡고 있는 저런 생명체 같은 것은 아닐까? 늘 정해진 시간에 일어나야 하고, 정해진 시간에 출근해야 하고, 정해진 과제를 수행해야 하는 우리들의 일상은 사막 같은 것인지도 모른다. 시간이라는 사막에 쫓겨 지쳐가는 존재, 그것이 현대라는 이름 속에 가려진 우리의 모습이리라.

그러나 사막의 생명체가 더 빛나는 것처럼, 우리 또한 황폐한 삶 속에서 어느 순간 빛나는 날이 있을 것이라 믿으며 살아야 하는 건지도 모른다. 그런 생각을 하며 햇살 속에 더욱 눈부시게 빛나는 욜링암을 바라본다.

냇가에 앉아 발을 담가 본다. 물이 시리도록 차다. 여름 한 철만 이렇게 물이 흐르고, 나머지 계절에는 얼어 있다고 한다. 사막 속에 생명이 깃들어 있다는 것, 그 생존의 의지가 눈물겨운 것은 저렇게 시린 하늘과 투명한 구름이 함께 있어서 일까?

욜링암 여행이야말로 소풍 길 같다. 마침 게르에서 싸준 도시락을 사막 한가운데 펼쳐 놓고 먹으며, 나는 문득 내 생의 어느 날엔가 이곳에 한 번 소풍을 온 적이 있었던 것 같은 착각에 빠진다.

낙타를 찾아 떠난
남편을 기다리며

|

돌아오는 길, 한 게르를 방문한다. 그러나 게르에는 아무도 없다. 잠시 게르 주위를 배회하고 있는데, 허겁지겁 아주머니가 나타난다. 아주머니는 우리를 집 안으로 들어오라고 잡아 끌고는, 먹을 것들을 내온다. 마치 우리네 어린 시절 이웃집에 '마실'을 가면 반가이 맞아주던 동네 아주머니 같다.

수더분한 얼굴에 연신 내온 것들을 먹어보라고 권하는 아주머니의 모습이 정겹다. 그러나 치즈 같은 먹을 것들은 시디 시어 입맛에 맞지 않는다.

게르 아주머니가
내온 음식과 차.
우리네 옛
이웃 사람들의
정겨움을 그대로
재현해 놓은 것
같다.

우물에서 물을 푸다가 왔다고 하길래 우물을 한번 보자고
하니 여기서 아주 멀단다. 아저씨는 안 계시냐고 묻자, 도망간
낙타를 찾으러 갔다고 대답한다.

낙타가 왜 도망을 갔느냐고 물으니 아주머니는 웃음을 가
득 띤 얼굴로 대답한다.

"너무 가뭄이 들어 뜯어 먹을 풀이 없거든요. 그래서 풀을
찾아 멀리 가버린 거랍니다."

"그럼 어떻게 찾아올 수 있나요?"

"남편이 말을 타고 찾으러 갔어요. 아마 물이 있는 곳으로
갔을 테니 찾아올 거예요."

얼마나 멀리 간 것 같으냐니까 가깝다며 대답하는 거리가
한 250km란다. 우리에게는 어마어마한 거리가 사막의 삶에

한 게르에 사는
대가족.
옹색한 살림이지만
인정만은 푸근하기
그지없다.

길들여진 사람에게는 그저 가까운 거리라니. 그 먼 거리를 말
을 타고 달려 낙타를 찾아와야 하는 몽골 사람들의 마음은 어
떤 것일까?

인적조차 드문 곳에서 가난과 맞닥뜨리며 살아서일까? 그
저 사람들만 보면 반가워 어쩔 줄 모르는 순박한 사막의 사람
들, 그들에게 우리 같은 도시인의 삶은 거추장스러운 때와 같
은 것일지도 모른다는 생각이 든다.

한 이레쯤 걸려야 돌아올 것이라는 남편을 기다리는 아주
머니의 사막의 밤은 또 얼마나 아득할 것인가?

자식들은 모두 울란바토르에서 잘 산다는 아주머니의 자
랑에 궁금증을 이기지 못하고 또 묻는다.

"계속 이동하면 외지에 나가 있는 자식들이 어떻게 찾아

오죠?"

아주머니는 별일 아니라는 듯 웃으며 입을 연다.

"큰 아이는 의사고, 작은 아이는 변호사고."

의사에 변호사라 똑똑해서 찾아올 수 있다는 말인가, 나는 고개를 갸웃거리며 다시 묻는다.

"게르를 옮겨 다니는데, 아들들이 고향에 오려면 어떻게 찾아오나요?"

내가 같은 질문을 거듭 하자 아주머니는 웃으며 전화 받는 시늉을 한다. 전화 연락을 하면 찾을 수 있다는 말이다.

이동이 삶의 일부가 되어버린 칭기스칸의 후예들. 그들에게 우리네 같은 정착민이 갖는 물건이나 땅에 대한 애착은 그저 사막에 부는 한 줄기 바람처럼 덧없는 것일 뿐이리라.

아득하게 사라지는 우리를 보며 손을 흔드는 아주머니의 마음을 헤아리자니 마음이 짠해온다.

다시 게르를 한 군데 더 들른다. 운전기사의 친구 집이란다. 이 집은 아까의 아주머니네 집보다 가난의 내음이 더 풍겨난다. 10명이 넘는 식구들이 한 게르에 모여 산다는 이 가족은 말젖을 발효시켜 요구르트를 만들고 있다가 우리 일행을 반겨준다. 좁은 게르 안에 굳이 들어오라고 하고, 조금 아까 이전 게르에서 먹었던 말린 치즈를 내온다. 한 접시 가득이다. 손님을 대접하는 마음씨가 접시에 가득 담겨 있다.

가뭄이 들어 풀이 자라지 않아 말젖도 잘 나오지 않는다고, 그래서 마유주 한 잔 대접하지 못하는 것이 너무 미안하다고 하는 그들의 모습은 꾸밈없이 자연 그대로 순박하다. 즉석카메라로 사진을 찍어주자 환하게 웃으며 고맙다고 인사를 하는 그 몽골리언들은 우리와 다를 것 없는, 마치 이웃사촌 같은 모습이다.

죽은 말처럼
스러지는 삶

|

그날 밤, 게르에서 나와 바라보는 고비 사막의 밤하늘은 온통 별천지다. 붓으로 선을 그은 것처럼 은하수가 하늘 한가운데를 가로지르고 있다. 저렇게 많은 별이 하늘에 있었다는 사실을 새삼 발견한 흥분 속에 고비의 밤이 지나간다.

아침에 일어나니 지평선에서 해가 떠오른다. 고비의 일출은 순식간에 세상을 환하게 밝히며 시작된다.

오늘의 여행지는 모래사막과 공룡화석 발굴지다.

이정표도 없는 길을 한없이 달린다. 가다 보니 차창 저편으로 무엇인가 누워 있고, 그 위에 독수리가 앉아 있다. 차를 세우고 내려 보니, 죽은 말의 시체다. 몇 년째 계속되는 잔인한 가뭄이 사막의 풀을 마르게 하고, 그 풀을 먹고 사는 짐승들을 죽게 만든다. 황폐화되어 가는 고비 사막의 모습을 비로소 눈으로 보는 것 같아 마음이 아련해진다.

사막으로 난 길.
그저 차가 달려
길이 된다.
저 길의 끝에는
무엇이 있을까?

한때는 세계를 호령하던 대제국의 주인이었던 그들은 바
람처럼 말을 달려 세상을 정복한 민족이었다. 칭기스칸의 군
대가 세계를 점령할 수 있었던 것은 날랜 말과 보급이 필요 없
는 이동 때문이었다고 한다.

실제로 그들은 양이나 소 한 마리를 잡아 육포를 만들고,
이 육포를 말려 빻은 가루를 가죽 주머니에 담아 말에 매달고
다니면서 식사 대용으로 썼다. 이동의 습관이 몸에 밴 칭기스
칸의 군대에게 정착의 삶에 길들여진 세상은 얼마나 손쉬운
상대였을까?

그러나 이제 그 용맹하던 칭기스칸들은 황폐화된 사막의
모래바람 속으로 사라지고 없다. 그곳에는 그저 말라가는 풀
들 때문에 고통 받는 가난한 후예들만 살고 있을 뿐이다. 바람

고비의 모래 사막.
시린 하늘과 바람에
모래 스러지는
소리가 들리는 곳.

으로 역사에 등장하고, 바람으로 사라져버린 사람들을 생각
하며, 나는 새삼 역사란 무엇인지, 삶이란 어떤 의미가 있는
것인지 생각해본다.

모래언덕에 이르자, 끝없이 불어오는 바람 속에 모래 쓸
리는 소리가 들린다. 내가 언덕에 올라가면서 남긴 발자국이
모래 바람에 순식간에 흔적도 없이 사라지는 곳. 그 모래언덕
에서 나는 그저 멍하니 서 있을 수밖에 없다. 저 모래처럼, 아
니 내가 달려온 황막한 사막의 말라가는 풀들처럼, 내가 살
다 갈 이승의 삶이란 그렇게 미미한 것이 아닐까? 그런 생각
을 하자, 이웃들과 아등바등 다투며 상처들을 주었던 것이 문
득 미안해진다.

사막은 인간 존재의 시원을
고민하게 하는 곳

공룡화석 발굴지의 스러지는 시간과 햇살 속에서도 나는
덧없음에 대해 생각한다. 그러고 보면 사막은 인간 존재의 시
원을 고민하게 하는 곳인지도 모른다. 저 거대하고 너른 사막
에 눈 씻고 유심히 보면 온갖 생명체들이 존재하듯이 어쩌면
나는 이 우주 속에서 저 작은 생명체처럼 극히 미미한 존재에
지나지 않을지도 모른다.

그러나 한편으로는 그 사막의 척박함 속에서 생명을 지탱
해가며 한 생을 살아가는 풀과 벌레들처럼, 나 또한 소중하기
그지없는 존재인지도 모른다. 이 둘의 간극 속에서 나는 고비

여행의 의미를 새삼 깨닫는다.

고비에서의 마지막 밤이 깊어간다. 별빛은 더 초롱초롱하
게 빛나고, 낮에 잠시 후드득 지나갔던 빗줄기 덕에 풀들도 깨
어나 저 별빛에 젖어들고 있을 것이다.

나는 쉽게 잠들지 못하고 게르 밖에 나와 온갖 상념에 잠
긴다. 아무런 제약도 끝도 없이 빠져드는 상념에 마음이 자유
로워진다.

아득한 지평선 너머로 출렁이는 물결처럼 보이던 신기루,
끌고 가는 사람도 없는데 풀을 찾아 줄 서서 쉬지 않고 지평선
으로 사라지던 낙타 떼, 밤에 뜬 달이 다음 날 한낮이 되었는
데도 겨우 하늘 가운데에 와 있을 정도로 둥글고 너른 사막의
하늘, 욜링암 가는 사막길의 박물관에 피어 있던 금잔화, 버스

옆에서 꼬리를 파닥이며 도망가던 도마뱀, 그리고 그 모든 것들을 환영처럼 바라보는 건조해진 나의 의식의 끈.

그 끈을 놓아버리자 아득한 꿈에 잠겨든다. 뒤척임 가득한 고비의 마지막 밤이 그렇게 지나간다. 아니, 고비의 밤이 아니라 흡스골의 밤일까? 내가 달려온 2,007km, 그 길에 대한 꿈일까?

내 머릿속에는 초원과 사막이라는 두 단어가 떠나지 않는다. 야생화 가득 피어 짧은 한여름을 견뎌내던 흡스골의 초원과 말라 시들어가는 풀들을 찾아 하염없이 먼 거리를 떠돌아야 하는 고비 사막……

그 먼 거리는 어쩌면 내가 일생 동안 살아가야 할 현실과 꿈 사이의 거리쯤 되지 않을까? 아니면 지금까지 살아온 날들과 살아갈 날들의 긴 여정을 뜻하는 것은 아닐까?

나는 고개를 휘휘 젓는다. 그러자 비로소 창밖으로 훤하게 밝아오는 풍경이 눈에 들어온다. 내 눈 앞에 펼쳐진 것은 고비사막도, 초원길도, 흡스골의 눈부신 물빛도 아니다. 이른 새벽부터 나와 건물을 짓는 사람들의 모습이다.

무거운 철근을 메고, 아직 뼈대만 세워진 건물을 오르는 사람들. 그들은 전혀 초원의 사람들 같지 않다. 순하게 자연에 깃들어 살던 사람들, 초원으로 양 떼를 몰고 나가던 그들은 이제 새벽이면 채 떠지지 않는 눈을 비비며 일어나 철근을 메야 한다. 그들이 두고 떠나왔을 초원에 대한 꿈은 이제 영영 지워져버린 것일까?

　나는 점점 자본의 도시로 변해가는 울란바토르의 아침 풍
경을 보며, 우리 모두가 도시적 생존과 맞바꾸어버린 자연 친
화적인 삶을 떠올린다. 어쩌면 잃어버린 꿈에 대한 그리움 같
은 것이었는지도 모른다.

　그런 상념 사이로 울란바토르의 아침 해가 천천히 솟아오
르고 있다.

끌고 가는 사람도 없이
풀을 찾아 사막을
흘러가는 낙타 떼.
어쩌면 우리의 삶도
세상의 사막을 떠도는
낙타 같은 것은 아닐까?

TIP } 마두금과 흐미

몽골을 대표하는 악기는 마두금이다. 해석을 하면 '말 머리 모양을 한 거문고'쯤 된다. 몽골어로는 '머린 호르'라고 부른다. 현악기인 마두금 소리를 들으면 젖이 나오지 않던 낙타도 눈물을 흘리며 새끼에게 젖을 물리고 젖이 샘솟는다는 이야기가 있다. 가축을 식구로 여기는 몽골 사람들에게 마두금은 가축의 생존을 가능하게 해주는 소중한 악기라는 믿음이 있는 것이다.

옛날, 후훠 남질이라는 청년이 고향에서 아주 멀리 떨어진 곳으로 군대를 가게 되었다. 노래를 잘하던 그는 군대에서 그 지역 공주와 만나 사랑을 나누었다. 군 생활이 끝나고 고향으로 돌아갈 무렵, 공주는 아쉬워하며 남질에게 조농하르라는 명마를 선물로 주었다. 그 말은 겨드랑이에 날개가 달려 있어 하룻밤에도 천 리를 달릴 수 있었다. 고향으로 돌아온 남질은 밤마다 조농하르를 타고 달려 공주를 만나곤 했다.

한편, 남질의 이웃에 욕심 많은 부자 여인이 살고 있었다. 남질의 행동에 질투를 느낀 그 여인은 어느 날 공주를 만나고 돌아와 지쳐 있는 조롱하르의 겨드랑이 날개를 잘라버렸다.

명마 조롱하르는 결국 날개가 잘려 죽고 말았다. 남질은 말의 죽음을 안타까워하며 말의 가죽을 벗겨 악기를 만들었다. 악기줄을 당기자 조롱하르의 울음소리가 울려 퍼졌다. 악기에서는 조롱하르가 달리는 소리, 죽음을 앞둔 슬픈 울음소리가 모두 흘러나왔다. 사람들은 그 악기를 말의 머리를 본떠 만들었다고 해서 '마두금'이라고 불렀다. — 《몽골의 민간 신화》(체렌소드놈 지음, 이평래 옮김. 대원사)에서 요약 정리.

이것이 마두금이 만들어지게 된 이야기다. 장수설화의 일종인 이 설화는 마두금에 대한 몽골인들의 생각을 잘 보여주고 있다. 사랑을 잃게 되는 일과 악기의 슬픈 소리를 말 울음소리에 연결시킨 것은 가축과의 일체감을 상징적으로 보여준다.

흐미는 독특한 발성의 몽골 노래다. 마치 초원 아득한 끝에서 짐승이 제 새끼를 부르는 것 같기도 하고, 산과 골짜기를 휘감고 불어오는 매서운 바람 소리 같기도 하다. 실제로 메아리를 흉내 낸 것이 흐미의 시작이라고 하는 주장도 있다. 저음과 고음이 한 사람 입에서 동시에 울려나와 신기한 소리를 연출해 낸다. 목소리 하나로 두 가지의 소리를 나게 하는 것이 흐미의 창법이다.

몽골 초원을 여행하다 보면, 혹 귓가에 노랫소리 같은 바람 소리가 울릴지도 모른다. 그 바람 소리가 바로 흐미의 원형이라고 생각하면, 가슴 아득한 곳에서 울려오는 영혼의 노래가 자신 곁에 있음을 느끼게 될 것이다.

낡은 버스가
지나다니는 시내.
자본은 저렇게
이동하는 법일까?

4.
—

울란바토르에는
이태준 선생이
산다

몽골에서
한국을 떠올리다

|

몽골에서의 마지막 날, 울란바토르 시내로 나선다. 거리는 차와 사람들로 제법 복잡하다. 아직 포장이 안 된 곳이 많아서인지, 아니면 사막에 있는 도시라서 그런지, 거리는 먼지가 자욱하다.

눈에 익은 버스가 휙 지나간다. 다시 보니, 우리나라 버스다. 그 뒤를 따라 달려오는 버스에는 우리 글자들도 선명하게 씌어 있다. 자세히 살펴보니, 온통 우리나라 버스들이다. 이국의 낯선 땅에서 제 나라 글자를 보는 것만큼 반가운 일이 또 있을까?

중국 운남성을 여행할 때였다. 남방의 작은 도시, 한국인이라곤 그저 몇몇의 배낭 여행자들만 가뭄에 콩 나듯 마주칠 수 있는 그곳에 한글 간판이 있었다. 뜻도 알 수 없고 우리말 법칙에도 맞지 않는 글자였다.

'웅'

무슨 옷 가게 간판이었는데, 분명 한글이었지만 알 수 없는 글자였다.

"무슨 뜻입니까?"

내 질문에 가게 주인은 그냥 웃기만 했다.

알고 보니, 한글을 그냥 아무렇게나 붙인 것이란다. 한국

드라마의 인기가 좋기 때문에 한글로 간판을 달면 매상이 좋을 것이라는 생각에 붙인 것이란다. 한글이 상품이 되는 시대에 살고 있다는 것은 한국인으로서는 자랑스럽고 기분 좋은 일이기는 하다.

그런데, 울란바토르 시내에서 만나는 한글은 반가움과 함께 씁쓸함도 불러일으킨다. 자본의 이동과 지배를 상징적으로 보여주기 때문이다. 한국에서 폐차 직전의 낡은 차들을 수입해 번호판이나 한글 글자를 그대로 둔 채 운행하는 것이다. 자동차 만드는 기술이 없는 몽골에서는 다른 나라의 낡은 차를 싼 값에 사다 쓸 수밖에 없을 것이다. 자본은 폐기 직전의 것조차 상품으로 팔아서 이윤을 챙긴다는 생각, 자본이 보다 많이 축적된 세계는 언제나 덜 자본화된 시장에 온갖 잡동사니를 팔아 제 배를 불린다는 생각에 씁쓸해진다.

어쩌면 우리가 몽골에 수출하는 것은 낡은 자동차가 아니라 자본의 배설물일지도 모른다. 그 결과로 초원의 땅은 숨 막히는 매연으로 뒤덮이게 되리라. 먼지 일어나는 울란바토르 시내를 걸으며 그런 생각을 한다.

멀리 산꼭대기에 커다란 탑이 푸른 하늘을 향해 솟아 있다. 자이승 기념탑이다. 몇 해 전 처음 몽골에 왔을 때 자이승 기념탑이 있는 언덕에 올라간 적이 있었다. 탑 옆에는 작은 기념관도 있었는데, 러시아가 몽골의 무명 용사들을 기리기 위해 만든 것이라고 한다.

자이승 기념탑이
푸른 하늘을 향해
솟아 있다.

타워 크레인
너머로 보이는
칭기스칸 그림.
몽골의 과거와
현재.

이태준 공원 입구.
태극기가
선명하다.

세월은 흐르고,
사람은 역사가 되어 남고

|

　자이승이 명물인 이유는 기념탑이나 기념관보다도 울란바
토르를 한눈에 내려다볼 수 있는 전망을 갖고 있기 때문이다.
담장을 쌓고, 건물을 지었지만 여전히 마당 한 귀퉁이에 게르
을 지어놓은 곳들도 보이고, 건설 붐이 일고 있는 몽골의 현주
소도 고스란히 내려다보인다.

　자이승 기념탑보다 내 눈길을 더 잡아 끈 것은, 기념탑 못
미쳐서 산발치에 자리 잡은 작은 공원이다. 이태준 선생 기념
공원이다. 공원 입구에는 한글로 '애국지사 이태준 의사 기념
공원'이라고 적혀 있다. 태극기도 선명하게 새겨져 있다. 그

아래 몽골어와 영어로 공원 이름이 적혀 있으니, 적어도 이 공원에서는 한글이 가장 대접받고 있는 셈이다.

이국의 땅, 우리나라에서 한참 떨어져 있는 내륙 국가 몽골의 수도에 한글 이름이 붙은 공원이 있는 것은 무슨 연유에서일까? 궁금증은 공원 안으로 들어서자 더 커지기만 한다.

공원 안쪽 왼편에 게르 한 채가 보인다. 소박한 게르다. 게르에는 '애국지사 이태준 기념관'이라는 현수막이 가로로 걸려 있는데, 그것조차 소박하기 그지없다. 기념관이라기보다는 무슨 안내소 같은 느낌이다.

기념관 안으로 들어서자, 사진과 자료들이 흐릿한 불빛 아래 전시되어 있다. 대체 이태준이라는 한국인이 어떻게 고국에서 2,000km가 넘는 머나먼 땅 몽골에 와서 의사라는 대접까지 받게 된 것일까? 설마 소설가 이태준은 아니겠지 하는 생각을 하며 천천히 전시물들을 살펴본다. 그리고 그동안 내가 배운 역사의 범위 밖에 존재했던 한 인간, 이태준 선생을 만나게 된다.

이태준 선생은 1883년 11월 23일 경상남도 함안에서 태어났다. 아버지 이질과 어머니 박평암의 장남이었다. 15살 무렵 한 해 간격으로 아버지와 어머니를 모두 여의고, 20살이 되던 해 이웃 마을 아가씨 안위지와 결혼해 두 딸을 낳았다. 그는 늘 가난했다. 1906년 아내가 사망하자, 더 이상 견딜 수가 없었던 그는 생활 근거지를 바꾸면 삶이 나아질까 해서 서울로 올라간다.

그가 새 삶을 꾸린 곳은 제중원, 지금의 연세대학교 병원 근처에 있던 김형제 상회였다. 이 상회는 당시 제중원에 다니던 김필순이 운영하던 것이었다. 김필순은 후에 우리나라 최초의 의사 중 한 명이 된다.

김형제 상회는 도산 안창호를 비롯한 많은 독립지사들이 드나들며 독립 투쟁을 모의하던 아지트였다. 그 상회에서 생활하게 된 이태준에게 독립 사상이 깃들게 된 것은 당연한 일이었을 것이다.

1907년 10월 1일, 이태준은 김필순의 뒤를 이어 제중원에 입학하여 의학 공부를 하게 된다. 1909년 안중근이 하얼빈에서 이토 히로부미를 암살하는 사건이 일어난다. 이 사건으로 일본 제국주의는 국내에서도 대대적인 독립지사 검거령을 내렸는데, 이태준 역시 이에 연루되어 체포, 1910년 2월까지 구속되었다가 석방된다. 석방 후 그는 신간회의 자매단체인 청년학우회에 가입하여 독립 투쟁에 뛰어드는 한편, 일제의 강제병합 이듬해인 1911년 6월 2일 제중원을 졸업하여 의사가 된다.

그러나 같은 해 일제가 105인 사건을 빌미로 대대적인 독립 운동가 탄압에 나서자 체포 위기를 직감하고 중국 난징으로 망명을 하게 된다. 망명지에서 그는 '기독회 의원'이라는 병원을 열고 의사로 일하는 한편 독립 운동에 앞장서면서, 핵심적인 독립운동가 김규식 선생을 만나게 된다. 김필순의 매제이고 나중에 그의 처삼촌이 된 김규식 선생은 그에게 고륜 | 지금의 울란바토르 | 에 갈 것을 권유한다.

고륜에 도착한 그는 '동의의국 | 同義醫局 | '이라는 병원을 열고, 당시 고륜에 창궐하던 성병을 치료하는 데 큰 공을 세운다. 당시 사람들은 그를 '까우리 | 고려 | 의사'라며 존경했다고 한다. 이러한 공을 바탕으로 그는 마침내 몽골의 마지막 왕 복드한 8세의 어의가 되고, '에르테닌 오치르'라는 훈장을 받기까지 한다. 고륜에서 탄탄한 입지를 구축한 그는 은밀히 독립 투쟁에 나서, 항일 활동의 핵심적인 역할을 수행하였다.

1921년 러시아 백위파인 운게른이 몽골을 점령하고 가혹한 식민통치를 시작한다. 이태준의 병원 역시 약탈과 탄압을

당하게 된다. 사람들은 그에게 몸을 피할 것을 권유했지만, 이태준은 그럴 수가 없었다. 폭탄 전문가 마자르를 김원봉에게 소개시켜주어야 하고, 모스크바에서 독립 운동 자금으로 지원된 4만 루블 상당의 금괴를 운송해야 하는 임무가 남아있었기 때문이었다.

1921년 2월 어느 날, 그는 폭약 전문가 마자르와 함께 4만 루블 상당의 금괴를 몰래 숨기고 북경으로 가는 기차를 탔다. 기차가 장가구를 지날 때였다. 갑자기 나타난 러시아 백군이 그를 검문하였다. 당시 백군의 참모였던 일본인이 이태준을 '불령선인 | 不逞鮮人 일본 제국주의자들이 불량하고 불량한 조선사람이라는 뜻으로 사용하던 말 | '으로 지목하고 총살하고 만다. 당시 그의 나이 38세였다.

나는 단숨에 기념관에 적힌 그의 생애를 읽어 내려갔다.

짧은 인생을 온갖 굴곡과 조국의 독립을 위해 싸운 사람, 고국의 독립만을 위해서가 아니라 자신이 발 딛고 살아가는 울란바토르 사람들의 건강을 위해 온몸을 희생했던 인도주의 의사, 그가 걸어온 발자취가 고비 사막의 모래처럼 내 가슴속에 바스라지고 있었다.

아, 생이란 얼마나 불가해하고 막막한 것인가! 대체 어떤 운명이 그를 역사의 먼지 속으로 이끌었던 것인가? 그리고 나는 또 어떤 인연으로 몽골이라는 나라에 여행을 오게 된 것이고, 초원의 길과 사막의 길을 떠돌게 되었으며, 이렇게 전혀

이태준
선생의 묘.

알지 못했던 한 사람을 만나 생이란 무엇인지 도저히 답을 알 수 없는 미궁에 빠지게 된 것일까?

나는 한동안 기념관 앞 공원에 앉아 노을 지는 몽골의 하늘을 바라보았다. 어쩌면 이태준은 이 세상에 태어나 가장 극적인 여행을 하고 떠난 사람인지도 모른다. 늘 예측할 수 없는 상황과 맞닥뜨려야 하고, 그래서 순간순간이 까마득함으로 가득한 그런 여행 말이다.

그가 걸었던 길이, 내가 떠나는 여행이 정말 '레일 없는 열차'를 타고 떠나는 길 같은 것은 아닐까? 그런 생각을 하며, 나는 그의 삶을 그려낸 어느 시인의 시 한 구절을 떠올려 보았다.

울란바토르를
흐르는 강물.

열차는 달리면서 비워지고 광활한 하늘에서 어두운 얼굴들이 다가온다. 코민테른 자금을 싣고 모스크바에서 베르흐네우딘스크까지 금괴 상자 위에서 교대로 잠들던 한형권, 박진순. 상해로 자금을 운송하고 고륜으로 되돌아와 잠깐 북경에 다녀온다는 말 한 마디 흘리고 고비 넘어 고비, 모래와 흙먼지 속으로 쫓겨 가다 백당에 잡힌 이태준, 그 뒤에 그림자같이 붙어 있는 마자알.

이태준이 죽어도 고향으로 돌아가지 않고 북경 성내 술집을 드나들며 의열단을 찾아 헤맨 마자알, 그대에게 의열단은 무엇이었는가.

마자알, 마자알, 이라크, 아프가니스탄.

열차는 레일도 없이
심장의 박동 소리로
시베리아 평원을 횡단한다.

−신대철의 〈시베리아 횡단열차 1〉에서

비행기의 작은 창밖으로 햇살이 반짝인다. 햇살은 다닥다닥 붙어 있는 울란바토르 시내를 벗어나 평원으로 이어진다. 낮게 엎드린 구름과 구름이 빚어내는 그림자들이 몽골에 도착했을 때와 또 다르게 느껴지는 것은, 내가 오랫동안 초원길을 달렸기 때문이고, 그 초원에서 만난 숱한 시간들이 내 안에

차곡차곡 쌓여 있기 때문이리라.

크게 심호흡을 해 본다. 가슴속으로 초원의 향기가 가득 차오르는 것 같다. 눈 아래 펼쳐지는 광막하면서도 장대한 몽골 고원을 바라보며, 이번 여행에서 가장 많이 썼던, 그래서 이제는 익숙해진 말을 낮게 중얼거린다.

"바이스떼, 몽골리아!"

울란바토르
시내 전경

TIP } 울란바토르

울란바토르는 몽골의 수도. '붉은 영웅'이라는 의미다. 몽골 독립 영웅인 '수호바토르'의 이름에서 따온 명칭이라고 한다. 서울의 약 2배가 좀 넘는 면적에 인구는 약 2백만 정도이다. 이는 몽골 전체 인구의 약 70%에 해당된다. 연평균 기온은 영하 2.4도이고, 추운 겨울에는 체감온도가 영하 40도를 밑도는 경우도 있다고 한다. 연평균 강수량은 270mm다.

도시 중심에 수호바토르 광장이 자리 잡고 있다. 광장 주변으로 문화궁전, 정부청사 등이 있어, 이 광장은 정치·경제·문화의 중심이라고 할 수 있다.

자연사 박물관, 역사 박물관도 관람해 볼 만한 여행지다. 특히 자이승 기념탑 가는 길에 있는 복드한 겨울 궁전은 거의 드물게 남아있는 전통 양식 건물이다. 몽골 8대 왕인 복드한 | 1864~1924 | 은 살아있는 부처라고 일컬어졌다. 복드한 겨울 궁전은 1893~1993년에 건축된 건물로, 왕족의 유물들과 공예품들이 전시되어 있다. 그러나 궁궐이라기보다는 부유한 집 가옥 같다는 느낌이 강하다.

복드한 겨울 궁전에서는 몽골의 문화가 '존재하지 않는 존재'임을 느낄 수 있다. 초원의 바람과 햇살을 맞으며 이동하는 유목의 전통을 이어온 사회에서, 정착의 상징인 집은 결코 호화롭거나 거대할 필요가 없었을 것이다. 왕의 거처도 마찬가지였음을 이 궁전에서 알 수 있다.

복드한의 겨울 궁전을 지나면 높은 언덕 위에 커다란 상징물이 보인다. 이 그 상징물이 자이승 기념탑인데, 마치 체육관 같은 원형의 건물 옆에 기념탑이 솟아있다. 자이승 기념탑은 전쟁에서 희생된 몽골 무명용사를 기리는 상징물이다. 이 탑은 울란바토르의 남쪽 언덕 위에 자리 잡고 있기 때문에, 울란바토르의 전경을 한눈에 내려다볼 수 있다. 평원 위에 세워진 몽골의 도시를 엿볼 수 있는 좋은 장소다.

특히 올라가는 길에는 기념품을 가지고 나와 파는 상인들이 눈에 띈다. 여우 털로 만든 모자나, 그 밖의 온갖 기념품들이 아기자기하게 진열되어 있다. 기념품 중에는 국가에서 수여한 훈장이나 메달도 많다. 몽골에서는 아이를 많이 낳는 경우에도 훈장을 준다고 한다. 그렇게 국가로부터 받은 훈장을 가지고 나와 팔아야 하는 몽골인들의 애환이 눈물겹게 느껴지는 길이 바로 자이승 기념탑을 오르는 길이다.

울란바토르에서 꼭 찾아가 보아야 할 다른 한 곳은 간단테그치늘렌히드다. 줄여서 '간단사'라고도 하는 절인데, 몽골에서 가장 큰 라마 불교 사원이다. 절 이름은 '완전한 즐거움이 깃든 위대한 곳'이라는 뜻이다. 이 사원에는 중앙아시아에서 가장 큰 불상이 모셔져 있다.

이 사원은 1838년 제4대 복드 게겐에 의해 건립되기 시작해서 5대인 줄템 지그미드 담비잔차누 때 완공되었는데, 불교가 배척당했던 공산주의 시절에도 유일하게 이 절에서만 자유롭게 종교 활동이 가능했다고 한다. 몽골인들의 종교적 상징물인 간단사는 유형문화재가 많이 남아 있지 않은 몽골에서 빼놓을 수 없는 명소다.

울란바토르 근교에 있는 국립공원 테를지도 꼭 가볼 만한 곳이다. 솜다리 | 에델바이스 | 가 지천으로 피어있는 초원에서 말을 타보는 것도 좋고, 비오는 한여름에 게르에 누워 빗소리를 듣는 멋진 경험도 누릴 수 있다.

KI신서 3408

일생에 한번은 몽골을 만나라

1판 1쇄 인쇄 2011년 6월 17일
1판 1쇄 발행 2011년 6월 24일

지은이 최성수
펴낸이 김영곤 **펴낸곳** (주)북이십일 21세기북스
출판콘텐츠사업본부장 정성진 **출판개발본부장** 김성수 **프로젝트팀장** 정지은
기획·편집 장보라 **디자인** (주)디자인신지 **해외기획** 김준수 조민정
마케팅영업본부장 최창규 **마케팅** 김보미 김현유 강서영 **영업** 이경희 우세웅 박민형
출판등록 2000년 5월 6일 제 10-1965호
주소 (우413-756) 경기도 파주시 교하읍 문발리 파주출판단지 518-3
대표전화 031-955-2100 **팩스** 031-955-2122
이메일 book21@book21.com **홈페이지** www.book21.com
21세기북스 · 트위터 @21cbook · **블로그** b.book21.com

ISBN 978-89-509-3164-3 13810
책값은 뒤표지에 있습니다.